빛들의 수다

예술가시선 29

빛들의 수다

설태수 시집

예술가

詩, 고맙고 과분하다.
또 다른 전환점이 되었으면 좋겠다.

설태수

목차

시인의 말

점 16

코끼리 17

12345678901234567890 18

시맥 20

『세잔』에서―빛들의 수다 22

바람의 맥박 24

『세잔』에서―'왜 푸른가 영원은?' 25

흔들흔들 빙빙 흔들흔들 26

『세잔』에서―얼굴 27

길 없으면 28

『세잔』에서―빛깔 지느러미 29

『세잔』에서―새소리는 남빛으로 31

열매는 불꽃 끝에 32

Martha Argerich 34

『세잔』에서―곰삭은 햇살 35

먼지에도 무덤이? 36

끓는 찌개, 어쩔 줄 모른다 37

빛깔은 신의 미소 38

『세잔』에서―침묵의 노래 39

『세잔』에서―중력이 반짝이는 40

『세잔』에서―주저하지 말고 42

『세잔』에서―바위의 심장 43

『세잔』에서—호시탐탐, 파랑　44

『세잔』에서—역동적 균형　45

『세잔』에서—풍파의 맨살　46

『세잔』에서—절망을 향해　47

엎어터져도　48

『세잔』에서—느낌 너머　49

oasis　50

『세잔』에서—구름의 한 지류　51

無, 不 넘실거리는　52

바람이 본향　53

임전무퇴　54

글줄기에 실려　55

『세잔』에서—천만다행　56

속 시원해?　57

『세잔』에서—詩가 깊어지고　58

백지가 심연　59

『세잔』에서—시간이 정복되는　61

심심하면　62

등대 같은 절망　63

밤이 올 수 있는 것은　64

자멸하는 햇살　65

양양한　66

춤추는 비수　67

『세잔』에서—겹겹이 터치　68

존재의 골수　69

길 닦는 구실　70

힘 빼세요　71

妙,　72

덜어 내는 일　73

팽팽하다　74

신묘, 기묘　75

남겨 두고 싶다　76

10의 -15승　77

지렁이 그림　78

펜은 또 어딘가로　79

가차 없는 풍경　81

젖비린내　82

잎이 구겨지면　83

상처보석　84

티끌 없는 혼비백산　85

최초 최후의 눈물이　86

통찰　87

철다발　88

몸은 활짝　90

춤 아니면　92

'고작'을 벗어나면　94

꽃을 피하다가　96

소리는 하얗게　97

철마다 웃음   98

항구에 부딪치는   99

천기, 어른거리다   100

'구름' 잃지 않고   102

그림이 눈에 밟혀   103

돌이 詩에 박혀 있으면   104

애타는 촉수   105

방방곡곡 실핏줄   106

외줄에 기대어   107

그늘의 힘   108

평생 기댄 물이   109

손상되지 않는 어둠   110

뿌리까지 젖는 수다   111

등짝은 일방통행   112

몸이   113

〈活氣〉 115

차가운 해방   117

우여곡절   119

임계점   120

'無我'가 비쳤다   121

꿈속 그 목소리   123

新 얄리얄리   124

'yes___terday'   126

'Great'   127

180˚ 돌려서 보면 128

망상 129

새똥, 낙하 중 130

헝클어지지 않는 131

光내기 132

물기 133

『세잔』에서—산, 열리다 134

그늘 없으면 135

완벽한 무장 136

놀이는 137

시퍼렇다 138

心 139

보이지 않는 그림자 140

『세잔』에서—두툼한 빛 141

금빛 142

'calm'에는 143

포구에서 144

유정 무정 145

얼마나 고마운지 146

바닥? 147

거미집 148

경이 149

측면 150

움찔 152

호랑나비 153

등가 154

『세잔』에서―허깨비 장난 155

사라질 수 있는 힘 156

詩 157

역치 158

샤워하면 159

그물날개 160

역지사지 161

구름표범 162

沈黙 163

벌 164

한 걸음 165

소리 라인 166

대기천 167

설법 169

집 170

노루궁뎅이 171

雨中詩光 172

프라퉁기람 173

『세잔』에서―퍼렇게 불붙고 있는 174

하얗게 취해 있나 175

연기가 먼저 176

시 발자국 177

다시 인간으로 178

친해질까 179

젖, 젖은 180

꽃 날릴 때 181

빅뱅은 외로움 182

꽃말 183

말라 버린 근거 185

詩人 이승훈 186

曲 187

우왕좌왕 불가 188

重力 189

무게가 없어진다 190

『세잔』에서—여진 191

그리움도 풀에서 192

진흙 뻘에 냄비 193

세파에 올라타는 194

일격을 노리는 195

화색 196

파안대소 197

총구가 198

우주가 질려 199

출항 200

Horowitz에서 『세잔』이 201

풍경 둘 203

핑크뮬리 205

속물 206

하늘이 멀쩡한 것은 207

넘실넘실 208

사바 210

노래와 율동으로 211

'不生不滅'의 '不'이 날고 있어 212

흑매 213

점, 없으면 214

해설 215

점

따끔, 모기한테 종아리가 물렸다.
잘 안 보이는 점에서 부어오른다.
시작을 알리는 점.
쌀알에 수박에 곡물마다 그것을 받드는
점이 있다. 점 같은 항문에 사람 동물이
얹혀 있다.
지구 태양이 별들의 궤도가 점이다.
까망 초록 파랑 분홍 어떤 펜이든
콕, 점을 찍으면
영원은 바들바들거릴 것이다.
굵직한 뱀장어 대가리에 송곳 꽂히면
몸 전체가 파르르 파르르 하듯이.
숨 쉬는 것들 노을 뿌리고
비를 적시네.
물린 자리가 아직 얼얼.
이 관성 끝날 자리는 보이지 않는다.
안 보이는 것이 다행이기도 하다.

코끼리

코끼리가 現象현상에 들어선 것은 그럴싸해.
천지사방 변화라는 것이 전부는 안 보여서
코끼리를 끌어들였으리.
잎들 몸짓 까치 꿩 까마귀 소리 살구 맛에도
그때마다 딱 들어맞는 표현은 없으니.
코끼리 처음 봤을 때 입이 잘 떨어지질 않아
보기만 했었지. 현상이 그런 점에서 유사.
긴 세월 산천과 사람들 접했는데 뭘 보았는지
도대체가 입 뻥긋하기 어렵네.
그러니까 코끼리야.
詩가 굶주릴 이유는 없다는 거야.
코끼리가 현상계를 가로지르는 형국이니까.
문득 듣고 싶은 라흐마니노프*
그 광야에도 코끼리는 가고 있겠네.
큰 귀 펄럭이면서 가고 있겠네.

* Sergei Rachmaninov의 피아노협주곡 2번.

12345678901234567890

이런 식으로 연속된 숫자의 캔버스.[*]

잎들 나부낌 구름의 속도 솔잎들이 뒤엉킨 것을
본 적 없다. 1234567890이 가능한 것이다.

태풍의 눈이 바다를 모른 척할 리 있나.

열매끼리 치고 박거나 갈 길 서로 방해하는 잎은
없다. 아무리 무성해도 자멸한다 해도 그렇다.

넌출거리는 줄장미. 1234567890도 끊어지지
않는다. 바람 입자들이기도 하다.

배합된 숫자들이 소통되는 것은

숫자마다 들숨날숨이 유지되기 때문.

별이 너무 멀리 있고 우주가 다는 안 보여도
1234567890 있으면,

이 모두가 번다하다면 0, 1 만으로도

인간의 궁금을 제압할 수 있다.

유무의 양 기둥인 것이다.

화폭 가득 깔려 있는 1234567890.

이들이 지수화풍이기도 하다.
족히 북 치고 장구 칠 수 있다.

* 오세열 (1945~) 작품.

시맥

바람은 잔설을 이리저리 굴려 호피 무늬를
만들었다. —— 남한강이 호랑이 몸통처럼
보였다.*

'시의 눈'이 드러났다고 하면 어떨까.
〈시〉에 의탁한 사람이 시인.
사람이 앞설 수 없다.
사람 이전에 〈시〉가 무시무종.
〈시〉에서 인간이 태어난 것.
창밖 눈보라. 눈길 가는 일이
시 더듬는 길. 운 좋은 건지 어떤 건지
시에 촉수가 흔들했다는 것.
〈존재〉의 맥이 시맥詩脈.
차 마시는 노인들 대화에서 납골당 얘기.
생에 걸려들지 않는 게 있을까.
걸려드는 일은 〈시〉가 이끄는 길.
죽음 들먹여도 활력소의 하나.

횡으로 뻗어나간 강 얼음에

종으로 띄엄띄엄 쩍쩍 금 가 있다.

빙설호랑이가 틈 없이 가고 있는 것이다.

어깨 골격과 엉덩이 뼈대가 어슬렁어슬렁

돌아 볼 일 없이 가는 것이다.

* 중앙일보 2022.1.15~16, 김경빈 기자.

『세잔』*에서―빛들의 수다

상처 입은 사과. 그 모습대로 빛난다.

수심어린 얼굴. 볕은 놓치지 않는다.

숲은 출렁거리는 빛.

채석장 파편들은 빛들의 수다.

그늘도 우수憂愁의 한 갈래일까.

그림이 추상화될수록 고뇌가 깊어졌다며

작업만이 유일한 낙이라 했지.

마지막 사진 속 그의 눈빛은

뭐든 관통해버린 것 같다.

생트빅투아르산과 대기는 연보라 빛.

신기루 같기도 하였나.

저 너머에서 손짓하는 빛깔인가.

하늘 지상이 사이를 잃었는지

접속사 들어설 자리가 없네.

붓 두 다스 더 보내 달라는

아들에게 보낸 최종 편지.

아무렴, 작업만이 그를 구할 수 있었으리.

산이 탈탈 털린 것 같다.

* 미셸 오 지음, 이종인 옮김, 『세잔—사과 하나로 시작된 현대미술』

(시공사, 1996).

바람의 맥박

통증 부위에 침 꽂으면 따끔이 번진다.
세포가 재생되는 과정이라 한다.
천지사방 모서리들, 깨지고 날선 마음들로
바람은 재생의 흐름이 된다.
'매끄럽지 않은 공간의 특이점'*이라는 것도
바람이 졸 수 없는 근거.
앞뒤 없는 웃음소리엔 놀라지 않았을까.
아이들 눈빛과 음색은
그 생기가 창끝이라서
풍광의 전 영역은 전율할지 모른다.
고요는 바람의 긴장
김빠질 찰나 없는 적요.
잎들 팔락거림에 그늘이 장단 맞춘다.
명암이 바람의 맥박인 것이다.
왼발 오른발 걸을 수 있는 것이다.

* 히로나카 헤이스케 (1931~), 수학자.

『세잔』에서—'왜 푸른가 영원은?'

사과 술병 양파 식탁보 빛깔들이

겹겹으로 밀착되어 있었다.

구석구석 검푸른 기운.

'왜 푸른가 영원은?'

이 물음에 그가 버티고 있었나.

물물마다 시린 빛 미끄러지는 터치.

애초부터 단맛 무르익도록

새나가지 않은 빛의 그 깊이를

붓은 가늠하고 있었던 것이다.

본색은 멈출 수 없어

오브제들 그늘 없어도

식탁보는 흰빛을 다지고 있었다.

빛의 범람이란 그에게 통하지 않는다.

균형감에 자신을 맡겼던 것.

세상 이목에서 초연해질수록

대상과의 눈높이는 정교해졌다.

그의 체취가 개입될 수 없었으니

건드리면 푸르름이 쏟아질 것이다.

흔들흔들 빙빙 흔들흔들

16층 병실에서 내려다 본 나무들.
높다란 우듬지가 사방으로 흔들흔들.
나도 따라서 움직여 보았는데
다리에 힘 들어가는 강도가 각각 달랐다.
상체를 빙빙 돌리면 발가락에도 힘이 갔다.
굵고 가는 뿌리들이 땅속 파고드는 것도
이와 유사할 것. 밤낮 흔들리는 상층부가
나무 전체의 균형을 이끌고 있었다.
나무 곁에서는 잘 보이지 않던 몸짓.
나무 따라 움직이는 모습이 춤사위 같다.
내 귀보다 높은 데서 공급되는 링거액.
제자리 춤 느릿느릿, 남들 모르는 미소.
복도엔 바삐 움직이는 간호사들.
그들 눈에 띄지 않도록 표 안 나게
흔들흔들 빙빙 흔들흔들 빙빙.

『세잔』에서—얼굴

얼굴 능가하는 굴이 있을까.
40년을 바라본 사이인데
그의 굴은 오리무중일 때가 대부분.
눈빛으로 소통되곤 했으나
얼이 비치는 굴 발견한 적이 있기나 했나?
어쩌다 고인 눈물에서
굴 안쪽이 설핏하긴 했지만
그 이상은 감 잡기 어려웠다.
지상 너머로 허공 지나 공허에
얼굴의 뿌리는 내리고 있는지도.
「카드 하는 사람들」의 무표정이든
건너편 젊은 남녀의 웃는 얼굴이든
그들 깊이가 잘 안 보이는 것이 약이다.
그가 햇볕에 자주 몸을 맡기는 걸 보면
얼굴 안쪽도 이제는 볕을 쬐고 싶은 모양.
버거웠던 그 오랜 깊이를
몸은 서서히 내려 놓고 싶은 모양.

길 없으면

——박신숙의 'beyond the dream' 展을 보고

길이란 길은 꽃들 사이로 나 있었다.

길 없으면 꽃이 뭔지 몰랐을 것.

논두렁 밭둑에서는 논밭이

이 골짝 저 골짝은 산들이 꽃.

골목이나 도시나 길 따라 꽃 꽃들.

물길 바람길 마음 길도

꽃 없이는 생길 수 없다지.

공허 덩어리 슬픔 다발도

가지가지 길에 맺혀 있다지.

흘러 다니는 향이 꽃들을 핥고 핥아

햇살에 정적은 폭발하기도.

허나, 고요가 무너진 적은 없다네.

일상은 일상에 순응하기에

꽃은 도처에. 어둠 꽃이라 한들

꽃은 마다하지 않겠네.

무상을 이끌고 있는 것은

꽃 꽃들이라네.

『세잔』에서─빛깔 지느러미

포플러 잎들 보는 마음 무심해질수록
녹색은 가만있질 못해
빛깔 지느러미는 유영하고 말았지.
구름에 눈 가는 틈틈이 누군가의 말소리는
스쳐간 바람인 줄 알았네.
돌진해 오는 검은 새.
그림에는 새소리만 간간했지.
녹색 파편 하늘 입김 강변 나신들이
푸르게 산화 중인 것을 붙들어 두었다지.
'에너지는 영원한 희열'*이라는데
그걸 모른 척 할 수 있나.
몸에 실린 사람들 날아갈 듯 걷고 있네.
아이 손 잡고 오는 여인.
하늘은 어느새 그리 변신하였는가.
일정하지 않은 박동이 그를 이끌고 있었다.

그치지 않는 녹색 파동이
벌써 허공에 물결치고 있었다.

* William Blake.

『세잔』에서—새소리는 남빛으로

피스타치오 나뭇가지 흔들리고
나무 냄새 열매 향은 멀리.
푸름에 빨려들 것 같은 눈길
바람에 적시면서 이젤 옮겨 보면서
공평할 만한 위치를 물색하는 일.
구름 그늘 보일 시점에
물감 찍는 것이다.
짧은 터치 터치는 맥박을 타고 있었지.
돌풍은 그것의 변용.
나무가 꺾여도
새소리는 남빛으로 귀속되어
오후 햇살은 넘칠 수 없는 것이다.
제법 풀리는 기분에 들뜬 마음.
붓을 놓고 강둑을 걸었다.
마른 억새가 진정시키는 것 같았다.

열매는 불꽃 끝에

바람에 면도날 들이대면

퍼런 피가 쓰윽 ——

웃고 있어도 바람은 찢어진다.

바람 손이 베인지도 몰라.

그칠 수 없는 마찰.

햇살 마주치면 섬광은 숨지 못한다.

대장장이 망치질로 튀는 불꽃.

달군 쇠 내리칠수록 불순물 제거되듯

쓰고 쓰다 보면 사심은 덜어질까.

건반 두드리는 일도 그러한가.

풀잎 나뭇가지 뻗어나간 형세가

쇠 불꽃에 흡사하다.

열매는 불꽃 끝에서 맺힌다.

이슬에 식혀 가면서 맺힌다.

Argerich*의 열정도 다르지 않으리.

같은 곡 반복 반복 연습해도
그때마다 새로움에 눈떴다고 한다.

* Martha Argerich (1941~), 피아니스트.

Martha Argerich

피아노 급소를 곧장 칠 기세였다.
건반 앞에 앉자마자 두 손이 나갔던 것.
급소만이 정확한 음을 받아 주니까.
격렬하게 때로는 어루만지듯 하여
물방울들 춤추는 소리 옷을 입기도 하나
그 얼굴에 잠시 머물렀던 미소는
금세 내팽개쳐졌다.
피아노와 겨루는 것 같거나
교신하고 있어도 말려든 적은 없었다.
무표정 건반들이 그에겐
그치지 않을 연주력의 원천인 것이다.
Martha Argerich.
피아노가 학수고대 기다렸을 그.
연주하는 동안에야 비로소 긴 호흡이
펼쳐질 수 있었던 그에게
고독은 따로 자리 잡을 틈이 없었겠다.
그를 몰아가는 힘이 바로 고독이었다.

『세잔』에서—곰삭은 햇살

으깨지면서 차곡차곡 쌓여 있었나.
발아 이전부터 n승 시간이 밟아온 길.
빛이 무르익지 않을 수 있으랴.
그만한 발효에 걸맞은 사과의 빛깔.
누대로 곰삭은 햇살의 그 폭발력을
지그시 붙들고 있는 것은 즙.
늪이나 뻘 같은 질척거림에 걸려들면
불기둥도 어쩔 수 없는 법.
울렁거리는 광휘.
캄캄 적막과 난형난제일까.
그가 놔둘 리 있나, 붓을 들 수밖에.
神의 비책이 그의 열정에 기웃.
설렁설렁 바람이 흔들어 놓아도
눈 쌓인다 해도
온 몸 끌어당기는 향과 광채는
사과의 그늘로도 막지 못하네.
무비無比의 후광이 되고 만다네.

먼지에도 무덤이?

낙하하는 먼지 알갱이에 무지갯빛.

흔들리면서 떨어지거나 날리기도 하여

남빛으로 주황 초록 빛깔로도

일정하지는 않다.

햇살 들이친 문짝 벽은

무지개 잔치.

놓아 버린 마음과 무지개는 친한 사이.

어떤 먼지는 다시 상승.

보일락 말락 춤추듯 한다.

중력이 빠뜨리지 않는 춤이다.

먼지에도 무덤이 있나?

무덤이면서 춤인가?

〈시〉가 춤추고 있는가.

빛의 파동 속에 있는데

독무獨舞 아닌 게 있을라고.

반짝이는 눈물자국도 그렇지 않은가.

중력이 받들고 있는 것이다.

끓는 찌개, 어쩔 줄 모른다

'잘 생긴 사람이 못생긴 사람 만나 주고

그래야지 말야, 하하하하'

옆 테이블 늦게 합류한 이가 한 얘기.

웃지만 뼈 있는 말이다.

내리는 비. 소멸은 증발.

소멸만한 배후세력은 없다.

허공일 수 있는 것은 소멸 덕.

이들 사이는 빈틈없다.

잠잠해진 빗줄기.

중년 여성들 수다는 식지 않는다.

허공이 깡깡하다는 거.

달리는 타이어들 빵빵하다.

그들 웃음소리도 끄떡없다.

허망, 함부로 말할 게 못 되겠네.

허공이 바람 빠진 적 없으니까.

다시 보니 눙하던 그가 더 잘 생겼다.

혼자 마시고 있어도

지글지글 찌개, 어쩔 줄 모른다.

빛깔은 신의 미소

빨강단풍과 녹색나뭇잎이 나란하다.
일부는 겹쳐 있으나 각각은 부동不同[*].
느낌이 같을 수 없다.
빨주노초파남보.
색의 계단은 침범할 수 없어
바람 불어도 헝클어지지 않는다.
색색깔 서로가 든든한 기둥.
빛깔 도도히 날리고 있는 나무 덕에
지상은 뭉개지지 않는다.
녹색 빨강의 노래를
거침없이 날리고 있는 것이다.
낯선 동네 왔으나 몸은 위축되지 않았다.
당근 시금치를 함께 먹어도
맛의 혼란을 일으키지 않는 몸.
빛깔은 신의 미소인지 모른다.
낱낱의 숨결인지 모른다.

* 和而不同 : 조화롭되 같지 않은.

『세잔』에서―침묵의 노래

배 복숭아 사과 양파 술잔이
찌그러지지 않는 빛의 층계에
음표인 양 흩어져 있다.
향기는 침묵의 노래.
입김만 불어도 일렁거려
향내 어린 리듬은 파동칠 것이다.
백년 넘게 지났어도 빛깔 향기
맛은 손상될 수 없었다.
그들 그늘이 끄떡없었기 때문.
지진 직전 마지막 모습이라 한들
양파줄기 끝은 야들야들
포도주 맛은 그대로다.
그의 혼이 추호도 물러서지 않았다.
숨 쉬는 얼음막이 옹위하고 있었나.
햇살 마당에 그림 펼쳐 놓으면
금세 즙이 폭발할 것 같다.
백년을 찰나로 만들 것이다.

『세잔』에서—중력이 반짝이는

먹이 찾는 새를 노리는 고양이.
집중 초집중 한 발씩 아주 천천히
공중에 발 든 채 멈추기도.
글 노리는 마음이 고양이한테 밀린다.
밀려도 보통 밀리는 게 아니다.
연습 연습을 통해서만 연습은
꿈틀거린다.
잡힐 기미가 점화되었나.
하지만 날아오른 새.
미련 없이 돌아서는 고양이.
지치지 않는 그들이다.
영영 장악되지 않을 글줄기가
영감의 원천인 것이다.
글은 두뇌가 미지와 만나는 자리*.
버리고 버려야만 꿈틀거릴 미지.

연습만이 글이 숨 쉬는 길.

중력이 덩달아 반짝이는 길이다.

* '색은 두뇌가 우주와 만나는 자리'(『세잔』)를 변용.

『세잔』에서—주저하지 말고

"시가 뭐 대순가, 살 빠져 흔들리면서
운동도 안하고 맨 날 글만 붙들고 .... "
책 들고 나서는데 아내가 또 잔소리.
대수? 대수고 소수고 간에
시가 가릴 게 뭐 있나?
백색소음 자욱한 공간에서
『세잔』을 펼쳐든다.
'주저하지 말고 색을 칠하라, 첫인상 확보가
중요하지. 자연에서는 소심해 하지 마라!
실수해도 대담해야 한다.'
'시 앞에서는 소심해 하지 마라'도 통한다.
대수 소수를 넘어선 세계가 시경詩境.
밟히는 낙엽소리 잎들 우수수
단체로 개별로 그러나 몸짓은 각개전투.
아쉬울 게 도통 없다는 거다.
아무리 보고 있어도 망설임이 없다.
백 퍼센트 방심放心.
어딜 가든 대범한 가을이다.

『세잔』에서—바위의 심장

바위가 떨리고 있었던 것은
그 색깔 때문이었다.
색이 바위의 심장일 것이다.
잿빛 보라 황갈 고동 색색이 숨.
숨 없는 존재가 있을 리 없다.
그들 변용은 구름 빛에 기대지 않을까.
구름이 가장 믿고 있는 것은 바위
바위는 구름인 것이다.
그들 속살 다르지 않으니까.
들여다볼수록 점점이 점점이라서
별빛은 이들을 차별한 적 없다지.
수억 광년인데 벗어날 수가 있어야지.
구름 바위에 찬 기운 충일하다는 것.
바위구름이든 구름바위라 하든
얼마나 잘 어울리는 발성인가.
무슨 리듬 같은 울림 아닌가.
부를수록 귀는 깊숙이
깊숙이 안온해지네.

『세잔』에서—호시탐탐, 파랑

비바람에 젖은 정류장 의자.

다리 불편한 노인이 앉아 버렸다.

버스 뒷좌석에선 통화 끝에

또 보자는 소리.

낭자한 은행잎들.

밟혀도 노랑을 잃지 않았다.

붕어빵가게 주인은 철시.

호시탐탐 늦가을 비구름.

붙잡을 수 없는 무심에도 그는

파랑색을 칠했을까.

당신과 나 사이는

얼마나 파랗고 파랄까.

잠결에도 지워지지 않을 빛깔.

날리는 잎들 실하게 받들겠지.

메울 수 없는 간극들

풍우상설에도 푸르디푸르겠지.

『세잔』에서—역동적 균형

영원은 순간순간에 대등하여
현재는 낱낱이 살아 있는 영원.
모래알 하나 그대로일 수 없는 것도
삼라만상이 공명 속에 있기 때문.
주황빛 바위들의 광채.
목욕하는 나신들에 어린 하늘빛.
그 어떤 현상에도 영원은
총동원되어 있다.
쌓이고 쌓이는 빛이 순간을
태풍 눈보라가 역동적 균형을
벗어날 수 없는 법.
그의 터치에 걸려들면
햇살도 층층이 얼어붙어
영원은 지금 서늘히 메아리친다.
그 울림에 매료되었나,
마지막 길에는 이젤이 곁에 있었다.

『세잔』에서—풍파의 맨살

"보이는 것을 그려야해, 생각대로 말고."

가슴을 치고 들어온 대상의 맨살을
그려야 한다는 말. '물물마다 빛을 발하고
그들끼리 조응관계 속에 있다.'는 믿음.
'본래 부처'라는 말과 다르지 않다.
'현상계에서 영원성을 자각 못하면
예술에 접근할 수 없다.' 하여
맨눈을 놓치지 않았다.
그 눈조차 의심 또 의심.
동일 대상을 수없이 그린 것이다.
정류소 벤치가 반들반들 빛나고 있다.
물물은 원래 빛으로 하나인가 봐.
몸이 빛 덩어리였나.
슬픔에 잠길 때에도 빛을 잃지 않았나.
46년 만에 만난 동창생.
그 눈빛은 변함없었다.
오랜 풍파의 맨살은 빛이었다.

『세잔』에서―절망을 향해

"힘 뺀 머리를 좌우로 돌려 주니까
시원해지는 느낌이 드네요."
"뇌를 못 건드린 대신 경추를 풀어 주니까요."
사방팔방시방 어디를 봐도
못 건드리는 것 천지.
바람 움켜잡지 못하고 구름 안개가 그렇다.
색채 울림을 탐색할 수 있다는 거다.
색깔 진동은 가라앉질 않아
사랑이 식지 않는 것이다.
립스틱 거듭 바르는 충동을
광채를 거두는 낙엽의 진원지를
들춰 볼 수 없는 것이다.
절망을 딛고 또 다른 절망을 향해
나아갈 수밖에 없었던 것.
찬비에 쓰러져도 먼빛에 이끌려
머뭇거릴 수가 없었던 것이다.

얻어터져도

풀밭에서 목줄 풀린 개는 천방지축.

그것도 잠시. 주인한테 엮여 간다.

'나를 항상 벗어나고 싶었다.'고 실토한 뒤샹.

찰거머리보다 더한 '나'가 분명 있는 모양.

'나' 없인 탈출할 수 없는 나.

'나'는 나의 발사대.

누리호 발사가 산소압력 누설로 실패했단다.

압력을 놓치지 않아야.

〈시〉를 놓치지 않아야 시인구실 하는가.

만물은 평등관계라는 데

어떤 물상이든 차별하지 않아야

시심詩心이 새지 않는다는 말.

수평선 지평선 덕에 시선이 실종되진 않아

가도 가도 붙들어 주는 선 선 선.

한 잔 마시고 가도 선이 있네.

시랑 치고 박고하면서 얻어터져도

사방에 링 같은 선이 있다네.

『세잔』에서―느낌 너머

생트빅투아르산 그림의 흰색 터치는
'open feeling'*에서 나왔다고 함.
'느낌 너머 무심'이라는 걸까.
山 냄새마저 그림에 스며든 것은
그런 무심에서 가능했나.
마침내 텅 빈 느낌에 도달하였나.
작품을 떠난 적이 있었을까
그들 덕에 그가 추락하지 않았으리.
천지는 쉴 수 없어
하늘에 녹색 땅엔 푸른 기운이
혼융되어 있을 밖에.
그에게 산은 무게를 떠나 버린 것이다.
그 여진에 그가 떠난 것은 아닐까.
이제는 텅 빈 광휘를 마냥 그릴지도.
그런데 좀 심심하진 않을까?

* Ulrike Becks-Malorny, 『Cézanne』 (Taschen, 1995) p.76.

oasis

상점 간판 'oasis'. 다시 보니
'오 현재 대로[as is]' 오아시스라는.
찬바람 부는 대로 잎 지는 대로
개가 짖는 대로 오아시스.
한눈팔다 엉덩방아 찧고
현관 유리에 머리 쿵했지.
눈 침침해져 부딪치는 일이 늘고 있다.
아프면 아픈 대로 oasis.
살아온 세금 치르는 일인가.
날아든 벌. 손등에 앉은 촉감이 좋다.
'달달한 것 수도 없이 탐했지?'
간질간질 벌이 묻고 있는 것 같다.
'좋다'는 것에 너무 쏠려 있었나.
그런 마음 정리될 수 있을까.
날아간 벌. 그 흔적을 못 찾겠다.
홀연 'oasis'. 글자가 무섭다.

『세잔』에서—구름의 한 지류

푸르름엔 어디 빈틈이 있어야지.

산이 흘러내리지 않는 이유인 거야.

안개든 노을 폭설 폭풍이든

허허실실한 리듬 아닐 수 없어

새소리 구름 그림자 손상되지 않고

암벽 틈 소나무 풀꽃들 꿋꿋하여

석회암 속살은 얼마나 부드럽다는 건가.

수없이 산을 그리고 그렸던 것은

구름의 한 지류가 아닐까 했던 것.

말년 그의 붓 터치에서는

생트빅투아르산이 두둥실.

쓰러질 때 그의 눈 속으로

산이 흘러들었으니까.

푸르게 푸르게 흘러들었으니까.

無, 不 넘실거리는

'나무마음심리상담소' 간판.

"삼라만상 어디든 부처님들 꽉 차 있어요."[*]

그런 관점에서 보면 나무는 부처.

'그건 장점이자 단점이 될 수 있지.'

대각선 방향에서 들려온 대화.

가을비에 자꾸 마음 간다.

경중 없이 소리 없이 전후좌우 없이

'없이'로 충일한 비.

'더울 땐 더워서 추우면 춥다고 못하면

언제 하겠냐.' 여자를 남자가 설득 중.

그들 얘기 소리에 글이 출렁했다.

없이 없이 가는 길이 시의 길이기도.

아니, 그 길이 시의 길이겠다.

無, 不 넘실거리는 반야경전.

기척 없이 뒷모습 없이 가 버린 가을비.

간판이 선명해졌다.

* 퇴옹 성철性徹.

바람이 본향

하얀 나비인 줄 알았는데
날려 온 것은 새 깃털이었다.
새끼손가락 정도의 길이.
새는 보이지 않고 흰 구름 그득.
공중에서 뭐가 날아오면 눈이 간다.
잘 보이지 않는 세계가 더 궁금한가.
일상에 부대껴서 그런가.
바람이 건드리고 가는 표정에
싫증나진 않는다.
휘날리는 머릿결 치맛자락이
진부한 적 있었던가.
치마 입는 이유가 될 수 있으려나.
밟히기 전에 깃털을 옮겨 두자.
가만, 그냥 바람에 맡겨 두자.
바람이 본향이다.

임전무퇴

능 안쪽 소나무 군락지.
동튼 직후 나무들 밑둥치는 금빛이다.
틀어지고 휘어진 무리 속에 미끈한 것들
각각이 스텝을 밟고 있었다.
금빛 춤으로 왕릉을 밝히고 있었다.
인적 없어서인가 유난히 신나 보인다.
풍파를 한자리에서 견딘 몸짓.
밤낮 없이 임전무퇴였나.
솔잎 하나하나가 침인 것도 그렇고
탄생 이전부터 내다본 모양.
정류장에서 얼굴 손보는 여자.
언제 어디서 어떤 일이 들이닥칠지
임전무퇴를 점검하지 않을 수 없다.
그래도 나무들 독무獨舞로 뚫고 나갔지.
덩달아 서로 군무群舞 같기도 하지.

글줄기에 실려

떨어지는 도토리들 툭툭.
그들도 놀라지 않았을까.
전화로 얽혀 있던 머릿속이
턱 열려 버린 기분.
포플러 나뭇잎들
바람 미미해도 팔락팔락.
몇 마디 말에 부딪친 마음 충격도
존재의 한 방식인가.
나무 꼭대기에서 자신을 던져 버린
까마귀.
잎들 날리는 모습은
허공에 맡겨 버린 광경.
이렇게 쓰다 보니 풀려나간 심사.
글줄기도 바람줄기의 하나인가 봐.
거기에 나도 실려 갈 수 있을까.
행선지는 몰라도 괜찮을까?

『세잔』에서—천만다행

남녀 기본 틀만 그려진 화장실 표시.
볼일이란 틀 유지하게 하는 일.
낙하하는 것들의 반작용으로
몸은 존재한다.
'자연은 넓이보다는 깊이로 다가옵니다.'
단풍 물드는 것은 낙하를 알리는 일.
두두물물이 심연의 표정인가.
연보라 코스모스가 한들한들.
심연은 무거운 게 아니란다.
오래 가는 마음의 상처 있으나
망각이 기억보다 더 힘 센 것은
천만다행.
심연에 놀랄까 봐 말소리 지워진다.
몸 안이 휑 뚫려 있는 남녀 표시.
전혀 낯설지 않게 보인다.

속 시원해?

빨강 열매 조롱조롱한 가지를 꺾었다.
팥알 크기 19개.
새들 식용이 될 수 있는데
빛깔과 모양에 그만 혹했다.
아내 만났을 때에도 별반 다르지 않았다.
눈을 가만 두지 못하게 하는 힘에
궁금했던 적이 없었다.
그 힘은 몸 안팎 간에
균형을 이루고 있지 않을까.
천지 광막함에 몸이 침몰되지 않는 것도
마찬가지.
책상 위 물 컵에 빨강 열매들.
속 시원해? 하는 것 같다.
언젠가는 나도 돌아가면
괜찮았어? 하고 묻지 않을까.

『세잔』에서―詩가 깊어지고

최후 몇몇 그림에서였다
구름이 구석구석 들어와 있었던 것은.
활활 차갑게 산화하는 길에는
강 호수 바다의 푸르디푸른 기세도
어쩔 수 없는 것이다.
약동하는 기류의 힘이 어디든 끓고 있어
'공기와 물체 사이의 윤곽을 그려내기가
어렵다.'는 진술.
구상과 추상작용 간의 긴장감이
떨림의 터치로 나올 밖에.
'그러니 계속 같은 자리에서 관찰해야겠어.
오른쪽 쳐다보면 전에 못 본 것이 나오고
왼쪽을 보면 놓친 것이 나오니까 말이야.'
그의 그림에서는
詩가 깊어지고 있었다.

백지가 심연

"백지가 가장 아름답다."
'Coca Cola'를 도안한 디자이너의 말.
'백지'에 무심, 이슬을 대입해도 되겠다.
그가 바쳤을 땀과 고뇌가 저 한 마디로
위안을 누리지 않았을까.
백지만이 그의 고독에 필적했으리.
〈詩〉를 꿈꾸게 하는 힘이기도.
목숨을 기꺼이 바치게 하고
거두어 주기도 하는 백지.
하늘을 그리워하지 않아도 되는 것은
사색 유희 꿈 너머 세계라도
백지는 그대로 수용하니까.
시행착오인들 마다하지 않으니까.
아이의 낙서와 고수의 한 획에
백지는 우열을 나누지 않는다.
이면지에 글쓰기 연습할 수 있음은
단연코 행운.

백지가 심연이다.

구름이 가고 가는 것이다.

* Ed Benguiat (1927~2020).

『세잔』에서—시간이 정복되는

바람은 빈틈없어서

색채는 얌전할 수 없다.

대상을 새롭게 그릴 수 있는 것이다.

볼 때마다 다르게 다가오는 것은

빛 샐 틈 없이 발화되고 있다는 것.

날리는 잎도 덧없음이 있을 수 없다.

'순간'이 '영원'으로 터치되는 것이다.

시간을 통해서 시간이 정복되는* 셈.

'빛의 부피'라고 했던가.

먼지 알갱이들이 거울에도

뿌리를 내릴 수 있는 것이다.

오랜만에 친구가 보자고 하는 문자.

독백을 순환시키는 빛의 전송.

그 부피의 충격에 몸은 이미

떠올라 버렸다.

* T. S. Eliot.

심심하면

촛불 주위 붉은 구슬과 함께
솔방울이 탁자 위에 꾸며져 있다.
카페 주인은 심심풀이로 했다지만
솔방울은 꽃으로 피가 돌아
길 잃은 동심을 불러들인다.
심심하면 사방이 잘 보이고
하늘과 쉽게 통한다.
심심에 올라타면 광활해지고
무르익은 심심의 목을 치면
필시 무지개가 뿜어 나올 것이다.
노자 그물*도 심심의 심심에서 생겼다.
심심이 깊어지면 가슴 바닥에서
맨살의 노래가 꿈틀거린다.
그 노래 촉촉해질 때가 있으나
심심하지 않으면 사람이 아니다.
심심하지 않으면 바람을 모른다.

* 天網恢恢疎而不失 (제73장).

등대 같은 절망

큼직하게 그려진 커피나무.
잎맥 사이사이 색은 컴컴하다.
심해이거나 창공 너머 같다.
산맥을 연상케 하는 잎맥.
'잔잔한 바다, 나의 절망의
거대한 거울이 된다.'*
'절망'이 비치는 '거대한 거울'에서
시는 발효되고 있었나.
절망을 음미하지는 않았을까.
적멸과 절망은 얼마나 먼 사이일까.
어떤 고독에서 시는 무르익었는가.
등대 같기도 한 절망을
그는 분명 보았으리.
자신과 하나였을지도 몰라.
잎맥을 관류하고 있는 무화無化가
커피 열매에서 빛나고 있다.

* 샤를 보들레르의 시 「음악」에서.

밤이 올 수 있는 것은

목백합나뭇잎 몇은 노랑으로 변했으나
나부끼는 모습은 다르지 않다.
백일홍 회양목 사철나무 잎들은
생각보다 보드랍거나 거칠다.
팔손이나무와 벤자민 잎은 모양 판이한데
감촉 차이는 미미하다.
편견을 감촉이 수정해 준다.
말의 밀도가 천차만별.
천자만홍千紫萬紅에 어긋남이 없을 터.
감각은 뼈에 기댄 거라서 왜곡이 없다.
순교에 참수된 흔적의 목뼈가
200여년을 건너왔다.
'들어라 내 귀여운 고뇌여,
들어라 부드러운 밤이 걸어오는 소리를,'*
그가 고뇌의 뼈대를 어루만지고 있었나.
밤이 매일 걸어 올 수 있는 것은
흔들린 적 없는 어둠 덕이다.

* 샤를 보들레르의 시 「평정」에서.

64

자멸하는 햇살

담장 위 무성한 잡초.
갈대와 억새도 드물지 않다.
그들 몸짓과 사람들 출렁거림도
햇살의 입자파동에 순치하는
춤의 뻔 뻔 뻔들.
흔들리지 않고는 생존하지 못한다.
하수로에서 썩는 냄새 활활 발발.
역병의 창궐하는 기세도 그러하다.
dance, lance; 춤과 창은
사촌간일까 형제간일까
아니면 부부 사이?
사이는 잴 수 없다.
꺾이고 꺾일 뻔한 갈대.
창날 풀잎의 춤 뿌리도
각자 자신을 겨냥하고 있다.
날마다 햇살이 자멸하기 때문이다.

양양한

"그냥은 언제 어디서나 귀신이다"*

개울 물소리 들으면서 읽은 구절이다.

비안개에 젖듯 "주거니 받거니도 없이"*

시 구절에 물소리 어른거렸겠지.

이 둘 관계를 규명하려는 것은 병 한가지다.

이들 성큼성큼 건너가려고 詩에 기대는 신세.

티끌 하나가 시방세계**라는데

어디 따진다고 알 수 있는 건가.

'그냥'을 넘어설 수 없는 것이다.

수평선 지평선 아래서 꼬물거리는 것이다.

'그냥' 밖으로 튕겨 나가지 않은 것은 행운.

어깨가 또 뻣뻣해졌나.

툭툭 힘 빼곤 하면서 가 보는 것이다.

양양한 걸음으로 그냥 가 보는 것이다.

* 유혜영 시인의 싯구 인용.
** 一微塵含十方世界.

춤추는 비수

맑지 않은 개울에서 수초는 억세게 자란다.

영양소 섭취에는 아무런 문제가 없나.

탁해도 흐르고 있어서 그런가.

청탁淸濁에 까다롭지 않은 것이 강인함을 견인.

던지는 눈길도 베어 버릴 기세.

춤추는 비수 같기도 하다.

간택 애증 벗어나는 길이 각성의 본이라는데*

커피집 주인의 리필에 기분 출렁한 것을 보면

그렇게 흔들리면서 예까지 온 것을 보면

낙엽 날려 온 것과 다르지 않다.

놓아 버린 모습에 닻을 내리고 싶을 때가 있다.

수초가 좀처럼 꺾이지 않는 묘약이다.

저 지경에 이를 칼춤이 있을까.

예리할수록 춤은 진부에서 멀어진다.

* 至道無難唯嫌揀擇 但莫憎愛洞然明白 (승찬大師).

『세잔』에서—겹겹이 터치

파도 속 석양, 석양에 눈물, 정령의 풍경.

이들 표현은 유리공예 작품* 제목.

석양을 비켜 갈 파도, 눈물은 없다.

파도 석양 눈물의 각 비중은 동일하다.

서로 묵살된 적 없다는 사실이 그 방증.

빨랫줄 빨래들처럼 엮여 있다.

포장 끈의 매듭도 함부로 자르지 말라.**

끈 정령이 깃들어 있다는 것.

화단과 분수대 물보라가 엮여 있는 것이다.

'낯선 물체들이 서로에게 변화를 주는

묘한 과정'이 형형색색 공명을 일으킨다.

그들 진동 속에서 그도 울리고 있었다.

그 떨림 간직하긴 어려워 겹겹이 터치.

산의 약동 그 영원성도

함께 누리고 있다는 것이다.

* 김준용 유리공예작가.

** 성찬경 시인.

존재의 골수

코가 땅에 닿을 듯이 냄새를 탐색하는
개. 냄새의 냄새를 찾을 기색이다.
머물 때에도 별 차이가 없다.
존재의 골수가 냄새인가.
각종 냄새에 빈틈이 있을까.
그것들 끼리 충돌할 때에는
공기가 떨릴 것 같은데
소리는 들린 적 없다.
서로 영향을 끼칠 냄새.
유동성은 멈출 리가 없지.
두부 자르듯 할 수는 없지.
형태는 달리해도 냄새는 잘리지 않는다.
그런 완충지대, 개는 맡고 있을 것 같다.
묵묵부답이 궁금해지는 것도
애완의 한 갈래일 것이다.

길 닦는 구실

나비 넷을 만났다.

검정 바탕에 호랑이 눈알. 온통 까망 둘.

주황나비였다. 다들 예측 힘든 각도로

꺾고 꺾어 가면서 날고 있었다.

나비를 놓치고 싶지 않았는지

지인은 동영상으로 촬영하였다.

날개 문양도 그렇지만

날아가는 길이 비밀스럽다.

허공에 골목과 골짜기들

나비 따라 펼쳐지고 있었다.

쨍한 굴곡들 경쾌한 음표들에 버금갈 듯.

변화 없는 길은 없다.

구름에는 길이 없는 것이다.

목숨이 깃들 수 없는 것.

울퉁불퉁 난데없는 절벽이라 해도

보이지 않는 길에 견주긴 어렵다.

허공에 금세 먼지 쌓이고 쌓여

팔락거림도 멈추지 못하는 것이다.

힘 빼세요

목에 힘 빼세요.

어깨 힘 빼세요.

가슴에 등에 힘 빼세요.

좌측 우측 번갈아 돌리면

우드득 으드득 우드득 으드득

어긋난 것들이 들통나는 소리다.

힘 빼세요. 힘 빼세요.

추나요법으로 치료 받고 있다.

몸이 풀잎 나뭇잎임을 상기시킨다.

시선에 청각 후각 촉각 생각에

힘 빼는 길은

詩에 이르는 길일까.

반짝반짝 윤나고 시들어

구멍 나고 찢어지고 날려가는

흔적 깨끗해지는

詩에 이르는 길일까.

妙,

쌩, 달리는 스포츠카.

구름보다 빠른가.

창공을 통째로 차지하고 있는

하늘 구름이라 하는데.

구름과 지상이 마주하고 있는데.

달리고 달려도 지상인데.

흔들리는 솔잎이라고 다를까

〈존재〉 속도에 상응하는데.

벌써 가을정취의 여성.

차림새가 주위를 환기시키네.

눈길이 속도를 갈아타고 있는가.

우수가 한 걸음 들여 놓았나봐.

천하의 운치가 좀 흔들렸나.

묘妙, 그냥 나온 말이 아니다.

어떤 표현도 맞먹기 쉽지 않다.

덜어 내는 일

덜어 내기. 덜어 내고 덜어 내는 일*.
볼수록 이 구절 마음에 들었는지
'까악 아악 무아'
까마귀 소리가 이렇게 들렸다.
아침 식전부터 이어지고 있었다.
단순하지만 다채로운 악센트.
그 소리가 바람에 부딪쳐
'아악 무아 무아'로 들렸다.
나도 따라서
'아악 무아 무아' 소리 내본다.
소리 낼수록 괜찮게 들린다.
언짢은 일 생길 때 소리 내면
더 좋을 것 같다.
아플 때에도 그럴 것 같다.
아악 아아 무아 무아 무아.

* 爲道日損 損之又損 以至於無爲 (노자).

팽팽하다

남자가 화장실 간 사이
입술 다시 칠하고 눈썹 손보는 여자.
얼굴 좌우 돌려가며 입술 오므렸다 폈다.
돌아온 남자는 폰에 눈이 가곤 하는데
여자는 남자 눈을 놓치지 않으려 한다.
웃고 있어도 마음 다 놓치는 못한다.
변하는 것을 비켜갈 수 있는 것은 없다.
마음 공간은 얼마나 될까.
그걸 다 움켜잡고 싶은 걸까.
구름이 변모하는 것은
빈틈없는 창공에서 나온다.
하물며 행방 알 길 없는 바람에서야.
그들 곁을 스쳐가는 여성 둘.
힐끗 남자의 눈이 가고 말았다.
팽팽하다.
찻집에 긴장 흐를 때가 있다.
플라타너스 잎들 제각각 흔들리고 있다.

신묘, 기묘

'신묘불측神妙不測, 기묘난사奇妙難思'.

妙가 神, 奇를 앞세우고 있다.

기이한 것 신이한 것, 감 잡기 어려운 세계는

젊은 여자와 가까운가.

'가늠할 수 없고 생각조차 쉽지 않다'는 영역은

일부러 찾을 필요가 없다는 말.

여자랑 실랑이 안 하고 살 수 있나.

측량測量이라는 것도 파도치고 출렁거리고

증발하는 물, 그 물이 잣대의 뿌리라 한다.

요동치는 몸 요요한 눈빛이 잣대가 되고말고.

눈물 바치는 길이 측량의 고비와 무관치 않다.

'신묘불측'은 '千變萬化'에

'기묘난사'는 '百千日月'에 통해 있다.*

끌린 것은 神妙, 奇妙였다.

커피 집 여성 직원 목소리엔 생기 충만.

불볕이 무차별로 장악한 대낮이었다.

* 퇴옹 성철.

남겨 두고 싶다

열차 뒤쪽에서 낑낑거리는 강아지.
주인은 두 칸 앞에 있었다.
소리가 커지면 주의를 받았으나
잠시 후 또 그런다.
진동과 소음의 열차 안에서
긴 굴 통과하고 안내 방송 나오고
낯선 것들 하나 둘이 아닐 거다.
내릴 때 개를 들여다보았다.
개는 나를 보고 있었다.
밖은 눈부신 하늘.
기차 타기 전과 별반 차이 없다.
구름의 변화가 있었을 뿐.
훗날 이 광경이 떠오를 수 있을까.
이 글 남겨 두고 싶다.

10의 -15승

매미소리, 사생결단이다.

허공의 균열 그 끝이 보이지 않는.

왕왕거리는 소리가 몸을 차지하고 있다.

암컷을 부르는 수컷의 전부가 실려 있는.

소리는 엉키지 않는다.

변질되지 않기 때문이다.

10의 -15승이라는 우주의 정치精緻함.

존재원리는 매미를 통해서도 입증된다.

아기를 유모차에 태운 노인이

삼복더위 속으로 갈 수 있는 것이다.

'서늘하고 창백한 빛의 오솔길에서

자기 이름을 말해 준 꽃이 있었다.'*

매미소리의 정교함과 무관할 리 없다.

울음소리 하나 새지 않는 그물이 있다.

* A. 랭보의 시 「새벽」에서.

지렁이 그림

아이가 그린 그림인 줄 알았다.

꾸불거린 동그라미 물줄기 바위 윤곽.

낱낱 형상들이 흙바닥에 널려있다.

온몸으로 지렁이가 그려 나간 것이다.

붓글씨가 '지렁이체'였다는 시인*.

"엄격한 생각으로 허영을 버릴 때

시는 한 사람의 독자를 얻는다."는 그.

지렁이 흔적에는 군살이 없다.

산천초목이 그러하다.

군더더기 제거되는 바위.

바람 있는 한 그 작업에 중단은 없다.

'글씨 형세는 소나무 가지와 같다.'**

멀리 갈 거 없다고 한다.

달리 찾을 것 없다고 한다.

* 김구용 (1922-2001).
** 書勢如孤松一枝 (秋史 김정희).

펜은 또 어딘가로

대형병원 넓은 홀.

부축 받거나 절며 가는 사람.

방문객들 사이로 당당히 가는 여성.

벽에는 「谷神 12」*가 걸려 있다.

골짜기 신은 죽지 않으니

이를 오묘한 암컷이라 한다.**

비밀스런 구절이다.

비밀의 뿌리도 비밀일 것이다.

늙고 시듦이 당당함을 견인하고 있다.

아픈 아버지를 부축하는 아들.

뒷모습이 닮았다.

환자들 들락거림은 그치지 않는다.

'마르지 않을 계곡.'

심장뇌혈관검사가 진행될 수 있다.

"ㅇㅇㅇ 님, 들어오세요."

펜은 또 어딘가로 건너갈 것이다.

* 화가 오수환 (1946~) 작품.

** 谷神不死是謂玄牝 (노자).

가차 없는 풍경

몇날 며칠 불볕 속이었다가
빗소리.
동네 공사장 사람들 한숨 돌리겠다.
비 내리고 있는 모습은 언제나 처음.
빗소리도 지금.
빗줄기 자욱했던 고향도
그 소리 안에 들어 있었지.
가물거리는 호롱불 산골에서
앞산은 컴컴하게 쑥쑥 자랐지.
빗줄기 타고 자랐었지.
토사로 휩쓸린 논에 먹먹했으나
빗소리 비 냄새 들리는 것은
저승이 그리워하는 광경일 거야.
가차 없는 저런 풍경이 있었다니.
어느덧 그친 빗줄기.
전혀 놀라지 않는 생.
무한이 놓치지 않기 때문인가.

젖비린내

강변 아파트 단지 안에서
강 보이는 것에 억 차이난다는 기사.
세찬 바람 눈 내리고 비 쏟아질 때
맺힌 가슴 털어놓을 데가 없을 때
시야를 환기시키기도 하고
흐르고 흘러도 없어지지 않는
그런 구실에 큰 돈 따라다녔나.
허나 물소리 들리는 물결 궁금하여
강으로 발길은 끌리게 되느니.
손 적시는 순간 일렁이던 마음은
흐름으로 전환될 때가 있으니.
무엇보다 물비린내에 꿈틀했겠네.
아, 그래 '젖비린내 나는 놈'
싸움하던 이가 했던 말.
생을 쥐락펴락 몸부림치게 한 바탕.
희로애락을 관류하고 있는 냄새였네.

잎이 구겨지면

풀잎 나뭇잎 솔잎이 구겨지면
꿈꾸는 일은 불가하다.
비바람에도 잎들 접히거나 뭉개지지 않기에
악몽이라 한들 꿈속 터널은 무너지지 않는다.
우거진 풀잎 천지사방으로 통해 있는 것도
꿈에서 깨어날 수 있는 통로가 실하다는 것.
선친과 스승을 꿈에 상봉할 수 있었던 것은
매년 잎들이 돋아나기 때문.
반듯반듯 본 모습 잃지 않기 때문이다.
저녁 지나 이 글 이어지는 것은
어둠에 먹히지 않는 잎들 덕분.
생의 길잡이로 삼아도 풀잎은
부족할 거 하나 없다.
입이 지향하는 것은
잎이 가는 길 아닐까.

상처보석

'재수 없는 놈'이라는 욕을 아는 사람한테서
들었다고, 난생 처음 들어 본 소리였다고
털어놓는 작가. 티격태격하다가 격한 마음에서
터져 나왔다지만 너무 큰 충격이었다며.
그간 써온 글들이, 자신을 구축해 온 것으로
믿어지는 것이, 무너져 버린 기분이었다고.
아주 친한 사이 아니면 그 누구에게도 옮길 수
없다면서. 곰곰 생각하니 '재수 없다'는 경우가
비일비재하다고. 로드킬 당한 고라니 뱀.
밟힌 개미들. 야유회 갔다가 떠난 이들.
'재수 없는' 상황이 적지 않다는 것이다.
잘잘못을 떠나 그 마음도 글은 모른 채하지
않을 것 같다고 한다. 마음 다독이다 보면
'재수 있는' 사람이 되도록 노력한다면, 상처가
보석이 될 수 있지 않겠냐며 희미하게 웃는 그.
귀 기울이는 것만이 내가 한 일이었다.
비구름 다가오고 백로가 날고 있었다.

티끌 없는 혼비백산

하늘이 갑자기 어두워져 빗방울 떨어지자
다시마 건조장이 금세 아수라장이 됐다.*

상공에서 촬영된 그 모습은
막대기 숫자들이 춤추는 형국.
아이들 장난치듯 풀어놓는 것에 흡사하다.
잡념 하나 끼어들 수 없는 혼비백산.
어질러지는 것도 꽃의 변용일까.
달에서 보면 지구가 소용돌이치는 판국.
갈피잡기 어려운 마음들도 닮아서 그런가.
침묵에서는 골수에 그 잔영이 어릴 것이다.
건조과정의 초록 페그물은
다시마 오므라드는 것을 막아준다고 한다.
깊어지는 몸 진동은
눈물이 가라앉힐 때가 적지 않다.

* 중앙일보 2021.7.3, 17면, 김경빈 기자

최초 최후의 눈물이

진심어린 슛 모습 보니 눈물이 나왔어요.[*]

진정시키기 어려웠을 거다.
어깨가 흔들리고 몸이 떨리는 것은
몸 뚫고 나오는 눈물줄기의 용틀임 탓.
몸이 영원인 줄 몰랐던 무심에 금가는 일.
그런 일은 눈물만이 할 수 있는 것이라서
울 때 눈 가리는 경우가 많다.
가리지 않아도 눈물에 가려진다.
금간 심연을 그대로 보기는 어려운 일.
무한에 사로잡혀있지 않음을 알 길은
그래도 눈물줄기 밖에 없다.
최초와 최후의 눈물이 생을 관류하고 있어
몸은 침몰하지 않는 것이다.
그것을 능가할 줄기는 없는 것이다.

* 유상철 축구선수의 일본 팬이 한 말 (중앙일보 2021.6.26).

통찰

한동네 한우물에서 물 길어 먹고 살았다.
물동이에 찰랑거리던 물.
집으로 가다가 찔끔찔끔 흘렸다.
여자들은 눈썹이 젖기도 하였다.
사람들 목소리 각기 다르고
차림새 같지 않은 것은
맑고 시원한 물맛 덕이다.
새소리에 마음 울리는 것이
매연 냄새에 찡그리는 것이
맑디맑은 물에서 나왔다.
물살만큼이나 출렁거렸던 생.
쓰고 매운 것이 달기도 하다는 통찰洞察은
그 원천이 투명한 물에서 나왔다는 점.
오랜 그 물줄기는 이 글에도 흐르겠지.
눈보라 비바람 뚫고 이사 다닌 洞 洞 洞.
미소와 눈물이 하나인 동네였지.

철다발

Flowering Structure[*]
: 문화와 문명을 발전시키는 역할을 했던
'철'은 한 송이 꽃으로 피어났다.──불멸의
꽃으로 피어난 것이다.[**]

비행기 잔해와 강철이 조합되어 큰 꽃송이로
탄생한 구조물. 녹슬고 삭아서 무너질 것 같은
금속 잔해를 스테인레스 철골이 붙잡고 있다.
은빛 녹 빛 하나 되어 피어난 철다발.
침묵으로 부식되는 점에서 꽃 생리와 같다.
밤낮없이 약동하고 있을 소립자들. 오래오래
피어 있어 '불멸의 꽃'이라 한 것 같으나
주변 화단의 붉은 장미와는 대동소이.
지금 나란히 비 맞고 있으니까.
사람들 관심 없이 지나다니고
바람이 차별하지 않고
밤중엔 함께 캄캄할 테니까.

게다가 서로서로 배경이 되는 광경을

사진으로 담았으니까.

납작 엎드려서 동시에 찍었으니까.

* 포스코센터 상징조형물. Frank Stella (1936~) 작품.
** 조형물 작품해설 중에서.

몸은 활짝

말할 줄 알았다면 나라가 기울었을 것
바로 그 무심함이 사람을 움직이네.*

모란꽃을 두고 나온 구절이다.
구름은 어떨까.
비 온 뒤 시퍼런 하늘을
용두사미를 모르고
예측이나 미련에 무관한.
비 쏟아져도 원망 하나 초래하지 않는.
시작과 끝의 그 속성이
몸이 가는 길과 다르지 않을 것이다.
시시때때로 생기는 변덕에도
무릎 꿇지 않게 되는.
떠난 발걸음 다시 돌리게도 하는.
어찌하든 말든 간섭하지 않는 몸.
높은 산에 올라 구름에 젖었을 때

몸은 절로 활짝했었지,

반갑고 또 반갑다고.

* 小癡 허련 (1808~1893).

춤 아니면

"목표가 수석무용수 되는 게 아니었어요.
춤을 많이 추는 일이 목표였어요."*

기사를 읽었을 뿐인데 왜 먹먹해질까.
출수록 춤의 변경은 넓어지는가.
'나'의 울타리는 거듭 무너져 나갔나.
춤에 몸이 녹아 버리면
너훌거리는 광대무변廣大無邊 오로라를
닮기도 하는지. 나뭇잎의 파동에도
전율은 피할 길 없었는지.
전신을 관통하는 우주의 춤을
몸은 탐닉하고 말았으니.
춤 아니면 자신을 알 길 없으리.
춤추는 나를 통해
무아無我에 이르는지도 몰라.

춤의 춤 너머 세계는

춤 아니면 닿을 수 없는가봐.

* 박세은, 파리오페라 발레단 에투알(수석무용수).

'고작'을 벗어나면

클로즈업 사진의 해바라기 꽃 위에
붉은점모시나비.[*]
날아오를 것 같은 나비의 생은 나흘.
그 기간에 짝짓고 알 낳아야 하는
'고작' 나흘이란다.
안테나 둘 앞세운
표범 같은 붉은 점들 자세히 본다면
모시 날개의 동력과 비행 및 착륙
이 모두의 고요를 가늠할 수 있다면
'고작'이라고 말 못 한다.
'영원'에 나비가 주눅 든 적 없고
전혀 위축되지 않으니까.
가감 없이 1:1 대등하니까.
나흘이면 영원 냄새 족하고 남는다.
날갯짓 한 번에도 그러하다.
'고작'을 벗어나면 나비를

직방으로 나비를 만날 수 있다.

통역 없이 통할 수 있겠다.

* 중앙일보 2021.6.12, 17면.

꽃을 피하다가

민들레꽃 제비꽃을 피하면서
풀밭을 걸어갔다.
꽃을 피하다가
여린 풀과 풀꽃을 밟았다.
새소리를 놓쳤고
구름도 놓쳤다.
꽃을 피해 가다가
몸을 피해 가고 있었다.
피하고 피하다가
바위를 맞닥뜨렸다.
돌아보니 휘청거리는 꽃들.
바람의 그림자가
봄볕을 건너가고 있었다.
체취가 무작정 떠나고 있었다.

소리는 하얗게

비탈진 원대리에서 들켰다.
모르스 부호들이
하얀 자작나무를 타고
하늘로 타전되고 있었던 것.

허공에 내뱉은 말들
웃음소리와 넋두리도
낱낱이 전송되고 있었던 것.
하얀 순백을 들이대면
티끌 하나 꼼짝없이 드러난다.
줄기마다 각인된 상흔의 부호들.
미끄러지는 바람.

가지는 흔들려도
소리는 하얗게 숨긴다.
자작나무 숲에선
바람소리 하얗다.

철마다 웃음

철물 농자재 옆 '백경 BK' 깃발.

강철은 강철 농기계는 그들대로

치악산 자락 신림神林 삼거리에서

「철마다 웃음」*은 펄럭거리고 있다.

달빛에 기찻길

빛나는 적막을

철물점 주인은 몰라도 된다.

『백경』에 심취했는지 몰라.

몇 안 되는 가옥 상점

개울가 붉은 황토밭과 소나무숲.

철마다 퍼런 바람 속을

흰고래

강철은

멀리멀리 번쩍거린다.

능선이 출렁거린다.

별빛이 심심할 겨를이 없겠다.

*「철마다 웃음」은 철물점. 『백경』 (허먼 멜빌).

항구에 부딪치는

악세사리 가게 앞의 여자들.
눈은 예외 없이 빛나고 있었다.
이것저것 만져 보고 귀에 대 보고
거울에 얼굴 비춰 보는 그 시간들.
귀걸이 팔찌 목걸이 앞에선 무시간.
현재의 심연과 무변이 전부.
깊이와 끝이 어디 보여야지.
저 웃음과 눈빛들은
간밤의 통증과 철석같이 통해 있다.
'모든 짐을 내려 놓았다'*는 고백이
가능할 수 있는 것이다.
병든 몸에도 광활함이 그득했던 것.
그들 곁을 지나가자
항구에 부딪치는 물소리가 들렸다.
시간이 닻을 내려 놓고 있었다.

* A. 랭보.

천기, 어른거리다

아유, 저것 봐, 딱 맛있게 생겼네.

그러면 이건 어때요?

그건 별로야. 생김새가 시원찮어.

구신들이네, 구신이야.

먹어 보지도 않고 알 수 있다니.

아이구, 주부생활 수십 년인데 그걸 몰라요?

그러게, 남자가 구신하고 사는 일이 쉽겠어?

하하하하 듣고 보니 틀린 말 아니네요.

그래도 마누라 말 잘 듣고 이뻐해 주면

만사 오케이 아니겠어.

트럭 가게 앞, 늙고 젊은 아낙들 수다였다.

구신하고 살고 있었다니.

내 눈빛만 보고도 속을 꿰뚫어 보니까.

일인다역을 능수능란하게, 직감으로 척척

일 처리하는 것을 보면 '요술妖術'에

'女'가 들어있는 근거, 짐작할 만하다.

여자하고 따지지 말라는 말.

이렇게 어림짐작하고도 아차, 한다.

살아있는, 생기 충만한 구신한테 단련되면

저승 가도 어려울 게 없을 것 같다.

여자를 오래 살게 한 天機가 어른거린다.

비안개 자욱하다.

'구름' 잃지 않고

동요하지 않는 구름은

인간이 바람에 굽히지 않을 수 있는 배경.

간밤엔 흙비까지 내려

사철나무 잎엔 미세 흙가루 고였다.

지금은 하늘 가득 구름.

보들레르가 혈육과 조국을 넘어 찬미했지.

나무 풀잎들 꺾일 듯 흔들리네.

아니야, 갑갑증이 풀릴 거야.

'돌지 않는 풍차' 노래가 흥얼흥얼.

돌연 왜 흘러나왔을까.

상흔들과 맞물렸나.

오래 지난 일들인데 지워지지 않는가 봐.

상처 입고 상처 입힌 일은 그림자 같다고.

이승에서 끝나는 게 아니라고.

구름, 변모하면서도 딴청이네.

저 힘의 출처는 뭉개지는 파편들인가.

유치원 노랑버스에서 아이들 하차.

구름은 '구름'을 잃지 않고 간다네.

그림이 눈에 밟혀

「비 온 뒤 인왕산 모습」[*]

비 갤 무렵의 산은 갓 태어난 아기.

울음소리에 젖은 핏덩이로 보였나.

갓 난 아기에 끌리는 마음은 설명 불가.

먹물에 흥건해진 붓은 통할 수 있었겠지.

비에서 생긴 산, 화강암 근육과 핏줄에선

맥박소리가 들렸는지. 그 소리에

기분은 골짝 운무에 올라타고도 남았으리.

마르지 않은 산의 맨살을 품었으리.

멀리 떠돌거나 술에 불과해져도

그림이 눈에 밟혀 걸음은 절로 왔을 터.

오래 누린 생. 그림의 생기에서 나왔으리.

눈 감을 무렵 그 모습 또렷해져

마지막 숨에 빨려들어 갔을라나.

그림 볼수록 그의 눈빛 잡힐지 모른다.

젖어 있는 눈빛이 보일지도 모른다.

* 정선 (1676-1759) 「인왕제색도」.

돌이 詩에 박혀 있으면

돌계단 모퉁이에 조약돌 하나.
툭, 찼더니 구르는 소리가 맑다.
살펴보니 묵묵, 그저 묵묵하다.
다시 슬쩍 굴려 보다가
탐났으나 축대 위에 두었다.
돌이 다르게 보였다.
청각에 아쉬운 것들 있는지
가끔 중얼거리곤 하는데
홀로 있을수록 그런 증세가 나온다.
나 자신도 멀어지나 보다.
쭈글쭈글해지는 몸을 달래는 건가.
미련이 자꾸 고개를 내밀고 있나.
눈이 대신 말하기도 한다.
단호하지만 티 없이 천연한 돌.
그런 돌이 더러 詩에 박혀 있으면
중얼거림이 가라앉을 것 같다.
눈빛도 좀 묵묵해질 것 같다.

애타는 촉수

청단풍 잎사귀 끝마다 바늘 끝이다.

새 소리의 뼈마디에도 잡히는 바늘 끝.

뽀얀 구름, 그 입자라고 몽실하기만 할까.

꼬물꼬물하든 날아가든 동력에는

예리한 침이, 그녀 말소리와 눈빛에도

그런 침들이 없을 수 없다는 거.

촉수니까. 상대를 투시하니까.

꽃이라고 향과 미소라고

예외일 수 있겠나.

몸부림의 애타는 촉수가 포진되어 있다.

정신이 무뎌지고 할 때에

군살 아래 도사리고 있는 그 예민함이란

쑤욱 밀고 들어오는 주사 바늘에

맨 처음이 번쩍했으니.

흘러갔다는 시간들 통째로 꿈틀꿈틀.

잎들 앞세운 초록 광휘가 춤출 수밖에.

바람 없어도 그럴 수밖에.

방방곡곡 실핏줄

'예스'와 '노' 사이에 수많은 단면이 존재하죠.
앞과 뒤, 비움 채움 등이 의존하고 있어요.*

'수많은 단면'이 셀 수 없는 실핏줄임을
그의 작품에서 볼 수 있었다.
갓난아기가 실핏줄 다발로 보인 적 있었다.
실핏줄로 허공은 생생하다.
분노가 누그러지는 것은 실핏줄이 물 쪽으로
방향을 틀었다는 것. 멀지 않은 강줄기에
촉수가 닿았다는 것. 풀잎 돌멩이 하나에
흡착되었다는 것. 구름에 덥석 올라탔는지
모른다. 방방곡곡 실핏줄로 〈존재〉의 고동은
그치질 않아 유무는 장애가 될 수 없다.
있다 해도 실핏줄 꼬물거림에 흔적 없이
무너질 것이다. 멀고 먼 별빛 광선에
그런 실핏줄이 비칠 때가 있다.

* 엄효용 사진작가.

106

외줄에 기대어

소나무 씨는 솜털 같다고 한다.

암벽 균열 진 곳에 내려앉는 솔씨.

틈이 태반으로 전환되는 것이니

주야장천晝夜長川 바위 심장소리 듣는 것일까.

암벽 체온에 나무의 후광이 심원해지는가.

한겨울 한여름을 경유할 수 있었나.

연둣빛 나뭇잎에 어려 있는 그늘.

질주하는 바람을 버틸 수 있는 것은

솔잎 그늘의 고요.

정점의 그 고요에서 나오는가.

풍우상설風雨霜雪이 소나무와 틈을 실하게 하는가.

적적성성寂寂惺惺 빛나는 나무와 암벽.

그들 하나 된 숨결을 듣는 이*가 있다.

외줄에 기대어 듣는 이가 있다.

* 강레아 사진작가.

그늘의 힘

'천연 염색 원단에 근처 매화 향도 스며든다.'*

쪽빛 보라 심홍 노랑 감색 천들이 펄럭거리는
신문 사진.
햇살을 직사광으로 받지는 않고
60° 정도 기울기로 펼쳐져 있다.
천들의 표정이 같지 않은 것은
바람 미끄러지는 소리와 그늘 농도가
색조에 무관하지 않기 때문.
노랑 천마저 가볍지 않게 보이는 것은
그늘 무게를 무시할 수 없음이다.
매화 향이 천을 핥고 가도
그 무게 흔들어 놓기가 용이하지 않다는 것.
화사한 빛깔에 가려 그늘 냄새 놓칠 때가
있으나 등 돌리면 웬지 돌아보게 하는 힘.
꽃향을 쉽게 들먹이는 것도
그 서늘함 때문이다.

* 중앙일보 2021.4.3, 17면, 김경빈 기자.

평생 기댄 물이

'산란기를 앞둔 잉어들이 거침없는 도약을
합니다.'*

거친 물살 뛰어오르는 잉어가 포착되었다.
온 힘으로 솟구치는 몸통에서는
떨어지지 않으려는 물줄기가
부서지고 있었다.
요동치는 지느러미에서 빛나고 있었다.
평생 기댄 물이 가장 큰
장애물이기도 한 것이다.
떠나려는 자에겐 목숨이
장애물로 전환되는 것이다.

* 중앙일보 2021.3.30, "도약하는 잉어의 꿈", 김상선 기자.

손상되지 않는 어둠

'어둠은 상처 입지 않는다.'
수중 동굴 속으로 입수할 잠수부가
동료한테서 들은 말이다.
어둠의 피는 어둠이겠지.
칼에 잘린 햇살 칼에서 빛나듯이.
티 하나 내지 않고
몸짓을 고스란히 어둠은 받아 주니까.
고통과 흐느낌도 무한정 수용되니까.
겉과 속이 다르지 않아
어떤 탈바꿈이든 어둠의 변주곡을
벗어날 수 없다.
빛이 침묵세계인 것은
어둠과 한 뿌리라는 것.
밤마다 열고 또 어둠을 열었으나
싱싱함에는 한 점 손상된 적이 없다.
무궁한 힘이란 느껴지는 것이 아니다.
검은 동굴 속으로 입수한 그.
그 흔적 금세 지워져 버렸다.

뿌리까지 젖는 수다

꽃나무 옆에서 여자들 수다 활짝.
빨강 노랑 보랏빛 꽃들의 기세와
뿜어 나오는 새잎도 눌리지 않는다.
바람 세기와 상관없이
무엇으로도 간섭할 수 없다.
햇볕 속에선 음陰의 세계가
빛나지 않을 수 없는 것이니.
수다가 이끄는 서늘한 영역은
그들 종족의 영속을 가능케 한다.
밀려오는 석양.
꽃들은 언제나 수다.
통역되지 않는 그들 몸짓에
눈 귀가 진부해지지 않는 것이다.
주룩주룩 빗물 소리에는
뿌리까지 젖는 수다가 있다.

등짝은 일방통행

역 대합실. 겨우 발걸음 옮기는 노인.
아슬아슬 무너질 것만 같다.
한껏 차려입은 짧은 미니의 여성은
막 도착한 봄을 압도하고 남는 자태.
그녀에겐 어떤 장애물도 없을 것 같다.
'그럴 것 같은' 마음에 생은 실려 있나.
평생 보이지 않는 등짝은 일방통행.
떠나는 것도 등에서 나오는 힘이다.
지상의 벼랑치고 이를 넘어설 것은 없다.
히말라야 고봉 요세미티 오르는 이도
자신의 등짝을 믿고 있는 것이다.
전부가 보이지 않는 하늘과 바람만이
견줄 수 있는 등.
구부정하거나 반듯해 보여도
광활한 그 쓸쓸함에는 차이가 없다.
봄꽃들 화사하게 피어나도
가려지지 않는 광경이 있다.

몸이

'반복해서 그리고 그리다 보면
물성이 정신으로 전환됨을 느끼거나'[*]
'그림을 시작하면 몇 번의 붓질에
그림은 나를 리드한다'는 화가.[**]
몸의 저력을 정신이 감 잡았을 때
비로소 의지에 불꽃이 점화된다.
산 첩첩 돌고 돌아 먼 바다 냄새를
산골짝 물줄기는 벌써 알아차렸다.
몸이 천지이고 영원의 숨구멍임을
적막의 첨병이자 노래의 뿌리임을
그리고 그리는 중에 귀가 번쩍했나.
눈에선 침묵이 깊어졌다는 것이다.
그림에 바친 그 마음.
무시간Timeless[***]에 잠겼다 해도
몸은 여전히 끄떡 않을 것이다.

흔들리지 않는 게 본시 몸이다.

* 김민정 화가.
** 신민주 화가.
*** 김민정 작품展 제목.

〈活氣〉[*]

고무롤러squeezer로 밀어 버렸다.
바위 숲 폭포를 비상하는 제비를
능선과 강 건너 안개는 붓으로
휙휙 긋기도 했을 테니
그녀[**]는 이미 검객이었다.
장쾌한 웃음이 그림에서 울려 퍼진다.
뼛속까지 긁히기도 했을 미립자들.
정신이 화들짝했을 거야.
차돌 쇳덩이 속에서도 그렇고말고.
에잇, 에잇 칼춤이라도 한바탕,
'지금'은 어디서든 영원의 꼭지 점.
풀잎 꽃잎 색색들도 칼끝이
훅, 지나가길 기다릴지 몰라.
저기 들판 끝에 몰려오는 노을.
장검 같은 붓, 비장의 스퀴즈를
잠시 던져 놓고 싶네.

노을 속으로 잠을 던져 놓고 싶네.

* 신민주 작품展 제목.
** 신민주 화가.

차가운 해방

난간 가로대 아래쪽 빗방울 쪼르륵.
크기와 위치가 제각각.
나뭇가지의 물방울도 그러하다.
음표들로 보이기도.
방울방울 흔들릴 때에는 마음도 흔들.
묵직하게 부풀려 낙하하는 모습.
'나'에게 갇혀 있지 않으려는 건가.
가슴 통증 달랠 때가 적지 않을 때
'광대한 해변에서 모든 것이 무로
가라앉을 때까지 홀로 서 있는'*
키이츠의 그 심정이 어땠을까 싶다.
수평선 보고 보다가 평정에 이르렀을까.
각종 미련이 그 선 아래로 진압되었을까.
빗방울 떨어질 때 철렁.
사방으로 눈길 돌리면 젖은 것들
차갑게 들어온다.

싸늘한 침묵 물러설 기색 없이.

* John Keats의 시 「When I Have Fears」에서.

우여곡절

용유매龍游梅, 운용매雲龍梅.
하늘바다 유영하고 구름 속 노닌다는
용 같은 형상의 매화나무 명칭이다.
"가지가 곧게 자라지 못하고
구불구불하게 자라는 품종"이라는 기사*.
'곧게 자라지 못한' 게 아니라
원래 구불구불 자라는 생리.
'구불구불'한 것에 대한 편견이 작용했나.
'우여곡절'도 있다.
위태위태한 것이 생명. 발자국은 지그재그.
직선의 세계가 그리울 때 없지 않지.
광속에 유혹되기도 하지.
하지만 '곧게 자라지 못한' 것으로 보이는
龍游梅, 雲龍梅.
어쨌든 매화에 붙들린 龍을 얻게 되었네.
용의 체취에는 매화향도 있다네.

* 중앙일보 2021.2.27~28.

임계점

날개 길이가 2.4m나 되는 큰고니는
수십 미터 물 위를 달려야 날 수 있다.[*]

비행기도 임계점을 넘어야 이륙한다.
이승에서 저승으로 전환되는 데에는
한 생애가 소진된다.
생의 길고 짧음에 상관없이
이륙 에너지의 절대치는 같을 것.
생이 점지됨과 동시에 주어진 임계점.
안개 속에 있다.
허방다리가 안 보이기도 한다.
쾌속 질주하는 큰고니들.
그 아래 물빛의 쏜살 광채는
그들 시야 밖에 있다.
이승 뜰 때에도 그럴지 모른다.

* 중앙일보 2021.2.20~21.

'無我'가 비쳤다

응급실. 배를 움켜쥐고 있는 노인.

힘들어하는 아버지를 안아 주는 아들.

나도 링거 꽂힌 채 앉아 있다.

글 붙들고 있으면 시간 잘 가지 않을까.

뒤편 환자는 아픈 사연 펼쳐 놓고 있다.

맞장구치는 간호사 얼굴이 궁금했다.

자신의 일인 양 경청하는 그 눈빛에

'무아無我'가 언뜻 비쳤다.

하소연하는 이와 하나 된 표정.

생기 넘치는 목소리.

주저앉고 싶은 마음 붙잡아 준 것 같다.

새로운 글이 흘러들어 왔으면 하는데

뜻대로 되는 것은 아니다.

링거액이 아직 반도 안 들어갔네.

글이 나오면 시간 가는 줄 모를 텐데

딱하기도 하지.

바늘이 굵어서 따끔할 거예요.

그 '따끔'이 백지에 들어올까?

글, 환기될 수 있을까?

꿈속 그 목소리

숨길 닿아 허공. 눈빛 간 곳 하늘.

흙이 고분고분하면 땀 흘리기 어렵고

땀 없으면 생이 고장난데요.

흑인 아이가 일러 준 말이었다.

아이 손잡고 걷는가 했는데 잠 깨었다.

이상하지 어제 흑인 여성을 보았는데

레게머리 넌출넌출하던.

창밖엔 눈보라. 휘날리는 눈발.

발 없으면 눈 내리지 못할까.

한 무리 사람들 한꺼번에 웃는다.

웃음소리는 서로 잘 섞일까.

뼈대가 소리에도 있겠지.

오랜만에 전화기로 들은 지인 목소리.

소리의 척추는 여전했다.

소리가 그를 붙들어 준 것이다.

꿈속 그 목소리의 잔영이

눈보라 속에서 어른거리네.

눈발 사이사이 어른거리네.

新 얄리얄리

베란다에 던져놓곤 했던 막걸리 병뚜껑.

일곱 개가 북두칠성 형태로 보였다.

테두리는 깜장, 속 바탕이 흰색인 하나하나가

밤하늘 별들에 버금간다. 한 잔 걸친 조물주가

기분대로 던져 놓았을 별. 우주를 떠올려 본다면

북두칠성 비슷한 형상도 부지기수일 것이다.

우주를 들먹일 것 없이 유무를 따질 것 없이

'한 송이 들꽃에서 천국을 본' 시인*

그에 비하면 북두칠성 같은 얘기는 깜도 못 된다.

취기도 생의 명확한 일부이니, 엄마 품속에서

아기 장난치는 일과 얼마나 다르겠나.

장난을 넘어서는 규범은 없기 때문.

도록 『文字般若』 표지의 추사秋史 초상화에는

취흥 오른 표정의 '遊天戱海유천희해'가 넘실넘실.

절로 홍소哄笑가 터져 나왔을 그 기분이라면

걸리적거릴 게 무에 있으리. 탁주 한 잔 했다고

그게 무슨 요술 방망이나 된다고,

얄리얄리 얄랴셩 얄라리얄라,**

* William Blake.
** 청산별곡 후렴.

'yes___terday'

'yes___terday'가 서명인 화가.
「경계에 의미가 있는가」「그날의 온도」가
그의 작품. 희비에 휘둘리고 어리석음으로
점철되기도 한 어제가, 그를 키우고 입히고
재우고 했음에 오체투지五體投地로 승복하였나 보다.
노을 안개 비 바람을 통하여 탄생과 죽음은
악수하지 않을 수 없다. '어제'에는 '빅뱅'도
들어 있지 않겠나.
'yes___terday'를 실감한다는 것은
눈물이 선물, 자유는 매번 처음이라는 것.
그리하여 머릿속은 시원했을 것.
비틀즈 노래「yesterday」도 떠올랐겠지.
금빛으로 솟아오른 해.
어제 바람도 잘 익었나 보다.

'Great'

버스정류장 광고문구 중에 'Great'.
'위대한 거창한 멋진' 뜻으로 익숙한 단어.
그 안에 'eat'가 들어 있었다.
'먹는' 일이 'Great'를 살리고 있는 것이다.
한 잔 하고 돌아오는 길.
음미할수록 끄덕여지는 Great.
밥줄 타고 인류가, 뭇 생명이 걸어왔으니까.
사과 한 쪽 먹고 백지 앞에 앉았으니까.
한강 건널 때 철교와 교량 틈 아래로 강물.
물결도 뭔가 오물오물 먹고 있었지.
햇살 바람 어둠 목숨 폐수도 가리는 것 없는
그 흐름에서 수면은 평정이 유지되고 있다.
허공은 더 말해 무엇 하리.
아무런 소란 없이 삼라만상을 먹어 치우니까.
푸르디푸른 남빛 향연은 찬탄의 대상이니까.
웃음소리가 쏟아지고 있었다.
한 잔의 위력을 실감하고 있었다.

180° 돌려서 보면

중고 차량 수십 대 불탄 사진.
유리는 터져 나갔고 색깔 타 버려
골격들만 겹겹이.
잿더미 철골들.
용도에서 마침내 해방되었다.
손해 본 금액 적지 않을 텐데
달리 보면 오브제들, 설치작품 같다.
위아래를 180° 돌려서 보면
꺼뭇꺼뭇한 구름덩이들이
하늘 가는 형국.
냉혹한 발상인가?
가릴 수 없는 현실의 하나일 뿐.
검은 그림자가 언제 몸을 덮칠지는
그 누가 알겠는가.
건드리면
검은 웃음소리 낄낄거릴 것 같은.

망상

자식의 그림자를 어미는 머리에 이고 있다.

노심초사 놓아주지 못하고 있다.

가정을 꾸려나가고 늙어가도

마음 접지는 못한다.

꽃 피고 잎 나고 무성해져

낙엽 떠나는 광경을 매년 보면서도

자식은 어미에게 불멸이다.

잃었다 한들 지우지 못한다.

妄.

妄想.

닳고 삭고 하여 몸 무너져 가는데

집착 털어 버릴 기미는 보이질 않아

목숨 다하도록 놓지 못하는 망상들.

부처 두 눈 감을 수 없다네.

시선 내려놓고 있어도 영 감을 수는 없다네.

새똥, 낙하 중

까치가 나무에서 똥 한 점 눴다.
웃음이 나왔다.
나만 봤을 거라는 기분.
같은 생명체라는 동질감.
그 똥 어디쯤 낙하하고 있을까.
낙하 중인 똥.
하늘이 배경인 똥. '심연'이 놀랐나.
심연을, 심연이 존재임을
새똥이 귀띔해 준 건가.
심연, 이라는 말이 떠오르면
웃음이 물러선다.
겁먹을 거 없는데 왜 그럴까.
손에 잡히는 게 없는 것 같아
몸이 홀연 혼자임이 절감되는가.
자신의 전부를 던져 날아가는 새.
인간이 동경할 만도 하다.

헝클어지지 않는

파도 거칠어도 높은 데서 보면
수면은 일렁이는 그물망.
해류가 바람에 조율되는 모습인가.
태풍 심할 때 더러 있어도
바다가 부서지지 않는 것은
찰진 파동의 완충 역할 때문.
구름 사이로 쏟아지는 금빛 광휘
해안을 넘나드는 해풍으로
지상의 슬픔은 상하지 않겠다.
느닷없는 이별도 짭짤하리니
이승 저승을 가르는 맛 아니겠나.
밤새도록 행군하던 시절
수통 옆엔 소금 몇 알.
헝클어지지 않는 파도의 결정結晶이
이토록 글 이끌어주다니.
부끄러워도 이끌어주다니.

光내기

겨울 햇살에 나뭇가지 반들반들하다.
바람 타고 光내기 하는 모양.
구두약으로 광내면 신발 오래 가듯이
맨가지들 저렇게 반짝반짝 단련되면
그 기운 뿌리까지 전달되는가.
봄 여름 가을 너끈히 견디게 되나봐.
아이가 휘갈긴 낙서인 양 잔가지들은
종잡기 어려운 빛의 획. 갈 길 찾아
뻗어나간 가지들인데. 그 모습 그대로
햇살 받았을 뿐인데, '어려운'?
'획'에 대한 편견에 사로잡혀 있었나.
글씨 흐름의 호흡을 획이라 하면
두두물물은 획 획 획의 표상.
시시각각 변화양태가 획의 갈래.
급소도 잠복해 있을 것이다.
생의 급소에 걸맞은 디딤돌이 있을까.
그 하나하나는 운명을 받드는 징검다리.
이보다 충직한 것이 지상에 또 있을까.

물기

'물기'가 '수분'보다는 에너지가 느껴진다.
물에 氣가 붙어서 그런가. 어쩐지 쌀[米]이
들어있었네. 찰진 기력이 있다는 거.
물기에 점지된 生. 끊어지지 않는 물 심줄이
척추, 물길이 된다.
출렁이고 바위에 부딪쳤다가 절벽을 내달려
물보라 무지갯빛 휘날리는.
물기가 몸을 노 저어 온 것이다.
두 눈은 방향을 잡았을 뿐.
그것도 눈물 덕에 방향전환이 가능했던 것.
안구가 촉촉한 생기를 유지할 수 있었다.
돌아갈 수 있는 것도 증발되는 물기의 힘.
좌충우돌하면서 예까지 올 수 있었던 것은
대신 멍들기도 한 물기운 덕이다.

『세잔』에서—산, 열리다

산, 뚜껑이 열려 버렸네.
순전히 세잔 탓일 거다.
붓으로 그렇게나 긋고 터치하고
긋고 터치 터치하는데
근질근질하지 않을 수 없었던 것.
하도 건드리고 건드려서 도대체
누구냐고. 그토록 노크하는 자
얼굴 한 번 보고 싶다고.
침묵의 정기가 붓으로 붓으로만
흘러들었으니 석회암 민둥산은
결국 구름들 틈타서 내다본 것이리.
세잔에게만 처음이자 마지막으로
속마음 비친 것이리.
비바람 돌풍에 그가 쓰러졌다지만
산과 내통한 비의가 그림에 남았으니.
세잔에게도 산이 뿌리내렸다는 것을.
생트빅투아르산과 하나였다는 것을.

그늘 없으면

한겨울 아침 붉은 햇살을 받은 꽃살문이
연지蓮池가 되고, 모란꽃 만발한 꽃밭이
됐다, —— 극락세상이 이런 모습일까?*

성혈사 나한전羅漢殿 꽃살문에 대한
기사. 나한전 주춧돌 넷 사이사이에는
통풍구 6개. 문 아래쪽에 하나씩 있다.
입구는 컴컴하다. 두툼한 그늘 통풍이
꽃살문을 썩지 않게 하고 있었다.
'극락세상'을 무너지지 않게 하는 것은
실한 그늘 통풍인 것이다.

* 중앙일보 2020.12.19, 김경빈 기자.

완벽한 무장

나뭇가지에서 참새들 땅바닥으로 우루루
뛰어내렸다가 날아오르기를 반복하고 있다.
맹추위 칼바람인데 단체훈련하고 있나.
하필 훈련으로 보이다니.
군 생활 잔해가 무의식에 남아 있나.
위험한 적도 있었지.
망막 깊숙이 뼛속에 어쩌면 골수에도 상흔이
어른거리고 있을지 몰라.
낮에서 밤, 밤에서 낮으로 뚫고 나가는 생.
누적된 그 관성으로 저승을 뚫고 들어가는가.
이만한 돌파력을 넘볼 수 있는 것은 없다.
대대로 누구든지 완벽하게 무장된 것.
참새들, 지친 기색 안 보인다.
나도 씩씩하게 걷기로 했다.

놀이는

영하 십 몇 도. 쌩 날아가는 까치.
계절 상관없이 속도는 일정한가.
그렇게 날지 않으면 추락하나.
하품하건 수다 떨든 낙서하든
시간상 경중은 없다.
까치와 동일한 가치를 누린다.
돌풍 몰아쳐도 손상되지 않는.
시간 가는 줄 몰랐다고?
몸의 본령이 그것.
연소되고 있는 모습 들킨 적 별로 없다.
주름살 깊어지는 과정에도 잡음이 없다.
뛰노는 아이들
놀이는 무장무애無障無碍.
흔들리는 가지, 예외 없는 햇살.
까치가 솟구쳐 오른다.
터져 나간 목청의 전환이 있었다.

시퍼렇다

가창오리 수만 마리가 저수지에서 휴식 중.[*]
다들 11시와 1시 사이 방향으로 머리를 두고
각각은 간격을 유지하고 있다.
동시에 날아오를 때의 방향과 날갯짓 폭이
계산되어 있는 것이다. 대규모 매스게임 같다.
드문드문 날거나 착륙 직전 날개는 펼친 꽃잎.
쉬고 있는 새들은 꽃봉오리. 짙은 청색 수면이
짙푸른 창공과 다를 바 없다. 지상과 허공이
바람에 꿰어 있다. 낮에 휴식하고 저녁 때
활동한다는 것과 숨 있을 때 살아가고
때 되어 떠나는 것은 동일한 공식이다.
일정한 간격 무시되면 서로 상처 남기기 쉽다.
새들 대오가 바둑판인 양 정연하다.
그들 사이가 물빛보다 더 시퍼렇다.

* 중앙일보 2020.12.12~13, 김경빈 기자.

心

심장을 본 뜬 글자라는데 맨 위 두 획은 뭘까.
좌우 심실이 떠오르지만 두 눈 젖꼭지 둘 낮밤
생사 희비 빛 그림자 등 한 쌍이 될 만한 것들
보이는 것 안 보이는 것까지 줄줄이 연결된다.
천지도 상하 관계가 아닌 서로 나란한 사이라서
구름 바람이 누비고 있다는 것. 땅 하늘이 함께
심장 연료로 작동되는 것이다. 두 점 아래 있는
것은 배. 맨 앞 획은 탐조등, 안테나.
아무튼 추진력은 심장에서 나온다. '心'은 어디로
가고 있음이 분명. 꿈속에서도 몸은 가고 있으니
오직 가는 길밖에 없으니.
마음 또한 멈출 수 없어 상처 입는 생.
다행히 마음은 본래 비어 있고 적적하다*는 것.
눈물에 장악될 수는 없겠네.
마음은 서늘함과 친해질 수 있겠네.

* 心常空寂.

139

보이지 않는 그림자

'영원은 시간의 산물들과 사랑에 빠져 있다'[*]

무슨 뜻인지 적잖이 궁금하였다.

모래알 하나하나가 영원을 알리는 깃발?

사랑이란 1:1 관계라서 물 한 방울도 영원?

고통에도 이러쿵저러쿵 영원은 간섭 안 하지.

바짝 붙어서 똑같이 고통을 공유한 거지.

그만한 사랑 달리 찾을 수 있나?

千手千眼. 적확히 들어맞는 말 아닌가.

이 글 쓰는 동안 잔소리 하나 없이

못 쓰면 또 그런대로 지켜볼 뿐이다.

보이지 않는 그림자인가,

영원은?

[*] Eternity is in love with the productions of Time. (William Blake)

『세잔』에서―두툼한 빛

흰 물새들 강 한가운데 몰려 있다.
깃털 목소리 체취 다들 비슷해서
어울리는 건가.
저들끼리 끌리게 된 마력은
광막함을 압도했는지 모른다.
멀리 뻗어나가는 것은 소리.
빗줄기 뚫고 울려 퍼질 것이다.
병나고 빛바랜 나도
목소리는 덜 손상되었지.
육신 벗어나도 제일 그리운 것은
목소리 아닐까.
일제히 날아오르는 소리.
두툼한 허공에 금간 건 아닐까.
빛의 누적을 세잔은 간파했었다.

금빛

몇 남지 않은 잎들 금빛, 하는데
떨어지는 잎. 금빛은 무거운가.
버티기 가장 어려운 색이라고
프로스트*는 그랬지.
초록이 금빛으로 보였다는.
꽉 잡히진 않으니까.
중력이 원인인가.
그 힘 아니면 글쓰기할 수 없다.
불편부당不偏不黨한 철칙.
금빛 덕에 세상은 녹슬지 않는다.
석양을 받지 않고
하루를 건너가는 것은 없다.
덧칠된 마음.
속살이 느껴지기도 하는가.
잎 하나 남지 않은 나무.
광채가 흔들리지 않고 있다.

* Robert Frost (1874~1963).

'calm'에는

마음 가라앉혀야지, 다짐하면서 젊은이와
얘기 나누었다. 민감한 사안이었으나
웃음 띠며 마무리 지었다. '진정하라'는
'calm'의 덕이 컸다. '마음 고요한, calm'에
시혜[alm]가 들어 있어 '은혜'가 도처에 있음을
볼 수 있다는. 고달픔 슬픔 분노도 같은 햇살
바람 속에 있다는. 그들과 기쁨의 뿌리가 한몸
한마음이라는. 약간 가라앉혀도 요만큼은
생각이 통하네. 깊이깊이 가라앉힐 수행자는
어디쯤 생각이 닿게 될까. 닿을 것이 없는
그런 경지에 이르게 될까.
어쨌든 'calm down' 중얼거려 평화로웠지.
平和, 그 마음 깃발은
아래로 아래로 내리는 것이라 하지.

포구에서

짙은 잿빛 포구. 공중 높이 새.
암반 기슭은 강물에서 다시 새에게로.
날개는 수직 상승 선회하다가
창공 숨구멍 고요와 충돌했는지.
『새』* 서문의 첫 단어는 'silent'.
갈대숲 포구 수양버들 빗줄기 지나
새, 그 풍광들 관통하는 것은 silent
새 울음도 silent였다.
수면에, 허공 가득 떼 지어
이끌고 떠받치고 급강하 비상에
거친 발가락 검은 동공 〈존재〉의 심장이
silent였던 것이다.
기다리고 기다리는 예측불허 바람결이
그를 버틸 수 있게 했던 것이다.
'하염없는' 그런 세계가 결코 아니었다.

* 사진작가 민병헌의 작품집.

144

유정 무정

앞으로 맨 가방에 들어 있는 강아지.
지하철 문간 가까이에 있어
내리고 타는 사람들 보곤 한다.
지상에서 지하로 들어서자 당황한 눈빛.
주인은 개를 어루만져 준다.
불안하거나 위험 고비 겪게 되는 것도
어떤 손길에서 나오는 걸까.
호불호와 무관한 명암의 파동타고
그나마 갈 길 가는 건가.
무정이 유정을 압도함이 섭리라면 섭리.
무정 유정의 접점은 감지될 수 있을까.
강아지는 어느덧 잠들었다.
떨어지지 않는 주인 손길.
유정도 무정의 품속에 있는 건가.

얼마나 고마운지

기차 타자마자 화장하기 시작하는 여성.
1시간 이상을 전념하고 있다. 단풍 개울
물오리 날리는 잎들의 풍경은 관심 밖.
도착하면 예쁘게 보여 줄 사람 있나 봐.
꾸미고 바르고 보고 또 보는 거울.
바치는 시간 합하면 한평생 적잖은 비중.
전화받는 목소리는 얼마나 간지럽던지
비음이 감돌고 있다. 마음 뭔가 허전하여
글 찾는 나. 둘 사이 차이점은 뭘까.
글로 마음 정돈하는 일이 화장술 능가할까.
얼굴 탈바꿈시키듯 글이 정신을
그만큼 변혁시킬 수 있을까. 말소리 벌써
촉촉한 여자. 저 한때를 넘어설 글은
흔치 않으리. 전혀 모를 거야, 옆에서
이 글 쓰는 줄은.
詩는 또 얼마나 고마운지.

바닥?

휘날리고 나부끼는 적갈색 노랑 잎들.

여기저기 골짝 거느린 채 수없이

인간을 끌어들인 산자락.

치맛자락에 가는 눈길 거부할 수 있나.

산이든 치마든, 자락은

예측 난감한 미지가 전개될 입구다.

자락에 감도는 미끼 같은 힘은

불가항력에 가까워

그 흡인력에 흔들리지 않기 어렵다.

마음의 파문은 어디까지 번져 나갈까.

詩는 또 어디쯤에서 마중 나올까.

날리는 잎 갈수록 가슴을 파고드네.

바닥을 툭툭 건드릴 때가 있겠네.

아니, 바닥이 잡히기나 할까?

그런 말 함부로 하는 게 아닐 거다.

거미집

보름 만에 온 현관 구석엔 거미집.
인기척 없을 때가 절호의 기회였다.
음악 듣거나 술 생각나는 나에 비하면
고요가 재료인 거미는 고수 중 고수.
거미집만큼 정교한 글쓰기는 불가능해도
괜찮은 글 한 줄 얻으려면 익힌 고요를
제법 묵힌 침묵을 바쳐야
글의 훈기나마 쬘 수 있을지.
높은 가지 새들의 집, 땅속 통하는 개미굴.
허공은 바람의 집. 하여 시의 터 찾기에는
이런 저런 핑계가 통하지 않는다.
'아침에 도를 들으면 저녁에 죽어도 좋다.'*
그 근처엔 못 가도 〈詩〉를 놓치지 않으면
좋겠다. 버림받지 않으면 좋겠다.

* 朝聞道夕死可矣 (孔子).

148

경이

모자 정면 좌우측에 빨간 글씨 MARVEL.
경이가 그녀 머리를 에워싸고 있다.
경이를 이끌고 있는 것은 손상〔MAR〕.
차창 밖은 울긋불긋, 상처투성이다.
잎들 지기 전 최후 설법인가.
'상처'가 '경이'라고.
지하철 내리막 계단 앞에서 주저하는 노인.
지팡이 움켜쥐고 다른 손은 난간 잡고
겨우 한 걸음씩 내려놓는다.
구멍 나고 찢기고 벌레 먹힌 검붉은 잎과
노인 사이에 경중이 있을까.
"아, 이 나이에 큰놈한테 치이고 살어
할 말 많은 데 기차 안이라서 끊자."
초로 남성의 통화소리였다.
역 근처 노랑 국화에 분망한 벌들.
MARVEL? 경이 아닌 것은 무엇인가.

측면

"평범한 용도를 가진 일상 소재에서 시적인 측면을
일깨우는 게 작가로서 내가 할 일."*

'시적인 측면'이라 한다. 側面. 살짝 옆으로 방향을
틀 때 보이는 면. 측면은 그러나 간단히 끝나는 게
아니다. 그 측면의 측면 식으로 사방팔방시방
무한 n 승이 나오고도 남는다.
구체球體에는 정면이 따로 없다. 축구에 측면 공격이
있고, 이브는 아담 갈비뼈로 빚어졌다고 한다.
정면에서 보이지 않는 것들이 측면 측면으로
줄줄이 딸려 나와 패물 이상의 것도 적잖을 것.
바람이 미끄러질 때가 많을 것이다. 얼굴 정면은
두 눈이 압도적이라서 화장한 얼굴은 맨 바탕이
잘 안 보이기도. 귀 뒤편 주름은 그러나 차곡차곡
포개진 세월이 보인다. 옆모습이 이쁜 사람도 있다.
로댕의 '생각하는 사람'은 멋지다. 여타 동물과
구분되는 결정적 자태. 아득한 향수 같기도 하다.

어떤 시 읽을 때 시인의 그런 모습이 떠오른다.

노을은 하루의 옆모습인가? 측면, 풀어도 풀어도

자꾸 충동질하는 것만 같다.

아픈 사람을 곁에서 부축하는 정경.

멀찍이서 보다가 그만 하늘을 보고 말았다.

* 미술가 구정아가 한 말.

움찔

식재된 소나무들 엮어 놓은 평행 버팀목.
그 대나무 위를 까치가 옆걸음 옮기다가
움찔움찔 흔들흔들하고 있다.
떨어져도 날개 있는데
겁날 거 없을 텐데
헛디디면 큰일이라도 나는가.
헛발 디딘 곳은 심연인가.
몸이 본래 심연과 하나, 그 하나에 삐끗
균열 생기면, 놀랄 수도.
눈길 오래 던져둘 수 없는 것은
심연에 잠길까봐. 움찔할까봐.
까치 날아올랐다.
날고자 하는 공간은 아무리 광막해도
심연이 아니다.
눈에 잡힌 세계는 광년이라 한들
심연이 아닌 것이다.

호랑나비

들국화 연보라 꽃잎에 나비.
날개 접었다 폈다 할 때 표범이 보였다
안 보였다 하네, 주황 바탕에 점박이들.
언제쯤 나비한테 붙잡혔나.
진작 빠져나왔을 법한데 아예 범은 벗어 놓고
얼룩얼룩한 표 표 표로 능히 지낼 만했나.
모두를 나비한테 내주고도 서운한 게 없었나.
광활한 벌판에서 진력으로 달려도
임팔라 하나 잡기가 벅찼지.
새끼들 건사하긴 더욱 힘들었지.
아, 그런데 나비 날개에 못 이긴 척
표 표 표 그냥 표 표 표 했을 뿐인데
팔락 팔락에 재미도 괜찮아
눈 녹듯 범은 녹아 버렸는지.
이름마저 호랑나비로 전이되었네.
그래도 호랑, 범 냄새 싹 가시진 않아
산기슭 들국화에 넋 놓고 있었네.
구름 아래 혼자 젖어 있었다네.

등가

한 뼘 길이의 끝이 굽은 수나사.
길에서 주운 그 녹슨 고철을
나무토막에 박아 놓고
'孤松一枝고송일지' 패찰을 걸어놓은 시인.*
오래 묵은 소나무 한 그루 닮았다.

나사 시인 소나무가지 하나
이들 셋이 等價로 불꽃 일으키지 않고는
'孤松一枝'**가 나올 수 없었겠다.
필경 그 시간만큼은
나사도 시인도 빛이 터져 나왔을 터.

* 성찬경 (1930~2013).
** 畵法有長江萬里 書勢如孤松一枝 (秋史 김정희).

『세잔』에서—허깨비 장난

「정원사 발리에」 모습이 '허깨비' 같다는[*]
걸상에 앉아 있는 이목구비 지워진 형상.
옷과 뺨에 들러붙은 녹색. 가만있지 못하는
색깔들. 혼재하는 빛깔의 힘이 이끄는 세계다.
명확하게 말하기 어려운, 윤곽들이 탈출하려는,
뒷말이 앞말 물고 나오는, 맞아, 몇 번 주의를
받았지. 무슨 말인지 분명치 않다고.
허깨비가 간섭하지 않는 영역은 없을 거다.[**]
스테인레스 강철에 부서지고 있는 무지갯빛은
허깨비 분신 중 하나. 눈길 따라 광휘는
자유자재.
술 마시면서 약은 왜 먹어요.
톡 쏘는 아내한테 할 말 없다.
허깨비 장난 아니라고 못하겠네.
허깨비 들먹여서 미안하지만.

* 이종인 옮김, 『세잔』(시공사, 1996), 123쪽.
** 一切有爲法如夢幻泡影 (『금강경』) 참조.

사라질 수 있는 힘

아침에 먹은 사과.
그 맛과 소리와 향에 몸은
침몰되고 있었다.
서서히 사라질 수 있는 힘이 생긴다.
하루하루가 노을 거쳐 어둠에 이르도록
참새를 어쩌지 못하는 것은
몸이 바람을 누리는 것과 다를 바 없다.
그 바람, 꼬리를 보여준 적 없으니
나 또한 무변에 젖어 있는 셈.
하여 '시세계는 꿈처럼 가없다'*는 말도
그렇게 추상적이진 않은가 봐.
'추상을 파고들면 물상을 만나고
그 역도 마찬가지'**라 했던가.
안개가 걷히고 있었다.
나를 먹어 치우고 흔적 남기지 않는
사과처럼.

* 秋史 김정희.
** 화이트헤드 (1861~1947).

詩

백지 기운 덕에 글이 또 나오는 것인가.
無用之用. 쓸모없음이 쓰임새 있다, 는 점에서
'龍'을 능가할 게 있었나. 王의 막강 권력은
곤룡포 앞뒤의 '龍'에서 나왔다.
'쓸모 있는' 것들에 사로잡혔으면 '龍'이
생겨날 수 있었을까. 詩라고 다르겠나.
사방팔방으로 백지 같은 막막함, 충만하다 못해
출렁거릴 때 〈詩〉는 비로소 꼼지락꼼지락하다가
바람에 부딪치거나 하여 '용'으로 변신하기도.
눈 좋으면 구름들 사이에서 그런 용의 번쩍이는
비늘이 포착되기도 하는데, 머리와 꼬리가
하늘 너머와 바다 속을 번갈아 누비기 때문.
시 읽다가 머릿속이 희디흰 감흥으로 젖는 것도
용의 눈부신 몸통과 통했기 때문이리.
순백의 기운이 〈존재〉를 관통하기 때문이리.

역치

백운대 상공 높이 비행하는 새.
그에게 간 눈길 오래 머물지 않는다.
몇 억 광년 걸린 별빛이라 해도
잠시 보곤 시선 거둔다.
마음의 변방은 어디까지 뻗쳐 있기에
그처럼 대수롭지 않게 여길까.
팔락팔락 날고 있는 저 나비는
영원의 등대 아닌가.
역치閾値. 감각될 수 있는 수치의 한계.
그것을 벗어나 감지하지 못한다 해도
긴가민가하여 들락거릴 수 있다 해도
동요하지 않는 마음.
그 속 유영하다가 고적감 일렁거릴 때
외로움이라고 쉽게 내뱉진 말자.
역치, 그 벽에 눈구멍 뚫는 길은
詩에 이르는 길.
시 또한 훤히 뚫릴 수도 있는 길.

샤워하면

주말, 집에서 빈둥거릴까 하다가
샤워하고 나니 몸은 나가자 한다.
씻고 단장하면 떠나고 싶은가 봐.
탁 트인 쪽으로 발걸음 끌린다.
몸 말 잘 들으면 마음 순해지니.
염하는 것도 그럴 거야.
씻겨 주고 옷 새로 입히면
아쉬움 없이 떠나고 싶은지도.
살붙이 피붙이들 울음마저
이륙 엔진 소리로 들릴지 몰라.
씻고 나면 바람 냄새 한결 살가워져
무작정 흡수되고 싶은 건가.
갈 곳 상관없이 몸은 통째로
바람 되고 싶은지도.
저기 산길 다녀오는 여성들.
활기찬 웃음소리 자자하다.
새바람 들고나면 어쩔 줄 모른다.
입술 빨갛게 바르면 더욱 그렇다.

그물날개

장시간 체공, 방향 급전환에 능한 그 바탕은
아무래도 날개, 반투명 그물날개 덕일 것.
하늘은 하늘대로 땅은 또 그것대로
두 기운 모두 반투명에 통해 있어
잠자리 내키는 길은 양쪽 모두의 길.
상하전후 사방팔방 자유자재.
관자재보살 화신인가?
'dragonfly'에 용龍이 들어가 있을 만하다.
교미한 채 저토록 유영할 수 있는 것은
지상을 하늘은 애타게 그린다는 암시.
폭우 폭염은 그것의 과도한 표현일 수 있으나
하늘도 은연중의 갑갑증 때문일 것.
청명한 허공 잠자리 한 쌍의 비행술.
바람 솜씨랑 막상막하일 것이다.

역지사지

易地思之. 입장을 바꾸어 본다는 거.
그런데 땅[地]이 왜 들어있을까.
자신의 몸이 익어 온 땅 바람 햇볕 산천초목을
바꿀 수 있나? 거쳐 온 그길로 다져진 몸인데
그 몸을 상대 입장에 쏙 대입시킬 수 있을까?
들어 온 얘기들 맛본 음식과 여타 느낌들이
같지 않은데, 상대방 눈빛이 수시로 달라지는데.
눈에 와 닿던 별빛. 그 빛이라고 일정할 리가.
엊그제 야산에서 마주친 뱀. 얼마나 놀랐던지
놀란 그 여파, 몸에 남아 있을지 모르는데 자신을
어찌 깡그리 비울 수 있겠나. 아침에 아내와
입씨름하고 말았지, 서로 이해 좀 해 달라면서.
외줄타기 달인은 밧줄 위에서 뒷걸음질도 하더라.
그러나 시선은 전방을 놓치지 않더라.
티격태격할 때는 멀리 상대 너머로 아주 멀리
시선을 던져 보는 것이다. 생이란 것도 티끌로
보일 수 있으니까. 글 따라 어느새 마음 쓸쓸히
가라앉았네. 고맙다고 글한테 중얼거렸네.

구름표범

알 수 없는 길로 구름표범이 록카위 동물원을
빠져나갔다는 뉴스. 이름에 걸맞은 탈출이었군.
구름을 붙잡아 둘 수는 없지. 기기묘묘 형태로
변하고 깨지고 스스로 지우기도 하면서 구름이
구름을 모르고. 간단없이 가고 가면서 목숨도
가는 곳 모르고. 모른다는 사실만은 금강석보다
더한 불변인가. '알 수 없는 방법'과 '구름' 간의
연결은 어색하질 않아 구렁이 담 넘어가겠네.
흔적 남기지 않는 점에서는 구름이 압권.
구름표범이라니. 13시간 만에 신경안정제로
생포된 것은, 구름이 표범을 떠났기 때문이다.
얼마나 구름을 만져 보고 싶었기에 표범
그 날렵한 몸뚱어리에 슬쩍 얹어 두었을까.
아이한테 얻어 들었나?

沈黙

침묵세계는 개처럼 가까이 있음을
암시하나.
적막에 잠기는 것은
개 곁에 있는 것과 다르지 않나.
몸 자체가 적막 덩어리라는 건가.
목소리에 몸이 울리고 싶어 전화했나.
개가 침묵을 견딜 수 있는 것은
청각이 몸을 감싸고 있기 때문인가.
默. 黑에 개[犬]를 나란히 둔 것은
침묵에 낯설어하지 말라는.
캄캄 외로움이란 것도
사람 곁을 맴도는 애완견 같다는.
주인 눈빛 살피는 일이 전부라서
당신이 말 걸기를 바랄 뿐이라는.

벌

보랏빛 맥문동 줄기에 노랑꽃.
벌 두 마리가 대롱을 꽂고 있다.
꽃 하나에 오래 머물지 않고
꽃가루 탐색에 몰두하고
건드린 꽃에는 미련 없고
꽃들 다 건드릴 순 없다는 거.
내키는 대로 나는 듯했으나
서로 충돌하지 않았다는 거다.
반투명 날개.
까만 토성 띠 두른 연노랑 몸통.
장마철 몰려오는 먹구름.
걱정 안 해도 괜찮겠지.
인간의 생각을 넘어선 곳.
생각의 헛점, 그곳이 안전하겠지.
아무렴 잘 지내겠지.

한 걸음

종횡무진 날아다니던 비둘기.
땅에 일단 닿으면 한 걸음씩.
바삐 움직이든 어찌하든 걸음은
하나하나 비와도 하나씩이다.
지그재그 주춤주춤 스텝 밟는 듯해도
또박또박 분명하다. 나와 동족이다.
장대높이뛰기 선수들, 허공 높이
기록 갱신해도 한 걸음을 못 벗어난다.
지상과 떨어질 수 없는 것들은
전 생애가 한 걸음이다.
한 숨 한 숨 한 숨이 징검다리.
안개 속에서도 하나의 다리였다.

소리 라인

"점선 대신 실선으로 저 객석 끝까지 보낸다고
상상해봐. 그래야 소리에 라인이 나오는 거야."*

'소리에 라인이 나온다'는 표현은 생소하다.
하긴 '시선'이라는 어휘가 있지. '선'에는
가 닿을 대상이 보이고 두 지점을 이어 주고
전화선 구명줄도 있다. 그러나 발성자가
멈추지 않는 한 끊어지지 않는 성향.
누군가 오래 안 보였다 해도
소리를 연거푸 보낸다면 이 세상 너머까지
통하지 않으려나. 마음 다해 보내는 소리는
저승에 닿고도 족히 돌아오는지.
어떤 때는 꿈속 그 모습들 선명해, 깨고 나서도
한참을 어리벙벙했으니까.
거참, 더욱 확신을 주는 말로 들릴밖에
'소리에 라인이 나오는 거야.'

* 중앙일보 2020.8.6, 성악가 사무엘 윤.

대기천

아마존 강 두 배 해당되는 물을 머금고 있다는
atmosphere river. '大氣川'*으로 번역되었으나
江과 川은 그 규모가 다르다. 시냇물 개울 같은
川에는 아이들 소리 송사리 가재 수양버들이
연상되고. 江, 하면 배 그중에서도 나룻배 한 척
얼어붙은 고향의 강이 떠오른다.
어쨌거나 '대기천'은 장마철 폭우 쏟아지는 원인.
강이 大氣에도 있다는 저 용어를 'brain river'로
활용하면 어떨까. '두뇌를 흐르는 강'이라고.
긴 말 안 해도 하 많은 사연들 어른거리는 강.
정한情恨이야 어딘들 흘러가지 않으랴.
하늘이든 지상이든 숨 쉬는 곳이라면
강 닿지 못할 곳 없으리니.
'atmosphere river', 소리 낼수록

'언어가 존재의 집'임을 실감하게 되네.

'태초'를 '말씀'이 열었다고 할 수 있겠네.

* 중앙일보 2020.8.4.

설법

병원 2층 유리창 가까이 느티나무 우듬지.
창문 열면 손 닿을 듯 하늘하늘.
비바람 언제 겪었냐는 듯 능청이다.
허리 삐끗하여 침 여럿 꽂힌 몸은 잎들과
마주하게 되었다. 볼수록 한 번도 같지 않은
나부낌은 드센 바람을 능히 다스리고도 남지.
고요할 때 적정寂靜의 심부를 겨냥할지 몰라.
고목이 수백 년 묵을 수 있는 힘은 저런데서
나오지 않았을까. 나의 경직된 몸은 도망갈
자리가 없네. 이런 부끄러움도 병원 나서면
또 굳어지겠지.
잎들 움직임이 사실은 설법.
고집 피우지 말고 눈 말 다 듣지 말라는.
자, 침 빼드리겠어요.
며칠 치료에 몸이 한결 가벼워 보여요.
아, 예. 고맙습니다.
기어드는 내 목소리였다.

집

커튼 옆 침대에선 으스러지는 신음.
천정 스피커에선 파가니니 바이올린 선율.
민첩한 움직임의 간호사. 불규칙한 통증에도
흘러드는 음악. 허리 짚고 병원을 나섰다.
자동차 경적 먹구름 쓰러진 접시 꽃대.
이 광경들 거쳐서 집으로 간다.
집에서 발원하였기에 돌아가는 셈.
몸이 집. 통증이 집. 선율과 바람도 집이다.
에너지 그대로 집이다. 어떤 파편이든 그렇다.
뭉개지지 않는 빵 냄새도 물론 집.
잎들 하나하나 낱낱의 세포도 집, 집이다.
스스로 집 아니고선 나그네가 될 수 없다.
글 쓰는 일도 안 보이던 집 발견하는 일.
집의 집은 공 아닐까. 꼭, 뭔가 서늘하여
안개 같기도 해. 솟구친 태양도 얌전해지는.
젊은 여자들끼리 웃으며 하던 말,
기집애, 어쩜 저렇게 여우같을까.
집, 그 용도가 끝이 안 보인다.

노루궁뎅이

노루궁뎅이 넷을 아침 숲에서 보게 되었다.
그들은 가버렸으나 홀린 듯 못 움직였다.
맛본 적 있는 버섯 노루궁뎅이.
궁뎅이에 노루나 아기가 앞장서면 밥내 같은
것이 솔솔 번지고말고. 윌리엄텔 서곡의
잉글리시 호른 플루트 여운에 흡사하려나.
카라얀도 넋 나갈 뻔한 표정이었지.
노루궁뎅이, 라고 몇 번 소리 내 보면
엉금엉금 기어가는 아기 맨살 궁뎅이가
어른거리지. 뽀얀 궁뎅이 깨물어 본 적 있었지.
생각만 해도 보들보들 단내가 생생하네.
이승에서 그런 신묘함도 누렸는데
노루궁뎅이도 보았는데
그 진경의 영험함이 어디 가겠나.
웬만한 일에 겁날 거 있겠나.

雨中詩光

빗속에서 중얼거렸지.

비 퍼붓는데 시가 빛난다는.

꽃모가지 꺾이고

산사태로 집 덮쳤고

교량 끊어지고 마을 쓸려 나가

실종자 여럿에 논밭 유실되었다.

비 앞에선 낱낱이 평등.

시 앞에선 천지유무가 평등.

시가 비에 통하기 보다는

비가 시에 통한다.

노니는 하늘에 희롱하는 바다*가

충분히 보일만 했겠다.

고졸古拙이 秋史의 기질에 속한다니

주야장천 빗소리가 그에겐

시로 빛나고 있었는지 모른다.

홀로 유유자적했는지 모른다.

* 遊天戲海 (秋史 김정희).

프라틍기람

스타타가토스니삼 시타타파트람 아파라지탐
아참, 그 집 가지 말아요. 너무 비싸,
프라틍기람 다라니 수정과 한 잔 7천원이라니
나맣 사르바붇다보디사트베뱧, 5천원만 해도
될 텐데, 나모삽타남 사먁삼붇다 아니, 당신은
능엄주* 읽다가 그런 얘기도 튀어나오고 우와,
둘 사이에 경계가 없네, 사스라바카 삼가남
아, 놀리지 말아요, 나모로케아르한타남,----
흉내 내기도 어려운 주문을 술술 읽어 나가는
아내. 참견할 거 다 하면서 독송한다.
번뇌가 보리라 하니
한 점에서 우주가 탄생했다 하니.
능엄신주 읽다가 일상 얘기 합류되는 것도
웃음 나오는 것도 이상할 것 없다.

* 대불정능엄신주.

『세잔』에서—퍼렇게 불붙고 있는

퍼렇게 불붙고 있는 자신을 보고 말았구나.

붉은 동백 노랑 유채꽃 날아가는 새한테서

푸른 숨을 알아챘구나.

산이 삭지 않고 녹색은 녹색인 것을

'불탄 심홍색 7번 튜브 10개'* 주문한 것을

푸른 바람은 놓치지 않고 있었다.

눈에 닿는 것마다 퍼런 불에 싸여 있어

터져 나오는 저 여자들 웃음소리도

연소되지 않을 수 없겠다.

Blue는 공허.

받아 주지 않는 게 없어

포플러 강변의 목욕하는 사람들

'땅바닥에 뭔가 신기한 것이라도 있는 것처럼

더러는 몸을 수그리고 있다.'**는 묘사.

바닥을 서늘히 달구고 있는 푸른 기운.

퍼렇게 열려 있는 그 기운 때문이리.

* 'ten tubes of burnt lake 7'.
** 존 리월드.

174

하얗게 취해 있나

반곡역 미류나무 꼭대기의 까치를
까치에 붙잡혀 가는 미루나무를
고개 돌려 보고 보다가 들이닥친 또아리굴.
치악산 속으로 기차는 한 바퀴 돌아 올랐으나
거두지 못한 펜. 까치 힘이 세긴 센가 보다.
산이 아무리 장엄해도 새가 위축된 적 없으니
마하반야*도 그런 건가. 깨달음 찬가 연거푸
고조되는 것은, 맨 아랫줄 사바娑婆, 속세가
받쳐 주고 있음이니. 속진 없으면 각성覺醒이
뭔지 알 길 없겠지. 어? 醒에는 술병〔酉〕이?
별빛 보이는 세속에 취해 있다는 뜻인가.
벼 한 포기 건드리지 않는 백로.
뽀얗게 폭발하는 데이지 꽃 산기슭.
말 걸 새도 없이
하얗게 하얗게들 취해 있는가.

* 『반야심경』은 娑婆訶로 마무리됨.

175

연기가 먼저

때 되면 굴뚝에 연기 오르고
선비와 고승 있는 곳 적지 않다.[*]

선비 고승이 언급되었으나 연기가 먼저란다.
빅뱅이 있었다는 것.
피아노 이어 클라리넷 연주가 있었다.
땡볕에 잎들 반짝반짝.
넓은 잔디밭에는 풀 뽑는 사람들.
모자와 수건으로 차양해도 등짝은 못 피한다.
어쨌거나 秋史에겐 연기가 먼저였다.
빅뱅 때 연기 자욱했었나.
노래 가락이 그 뒤를 따라 흘러나왔나.
'비 지나가니 돌 빛깔 색색이 드러나고
운무 가로지르니 산 층층으로 보이네.'[**]
목숨을 앞서 있는 것들이 우선 보였다는 점.
바람 드는 창으로 이 글은 옮겨 왔다.

*, ** 秋史 金正喜.

176

시 발자국

'詩를 친구 삼아'는, 쉽게 말할 게 아니었다.
퇴직하면 뭐할 거냐는 물음에 답한 거였으나
경솔했다. 보고 싶다고 친구한테 전화하듯
시를 불러낼 수 있는 게 아닌 것이다.
납작 엎드려서 최대치의 청력 볼륨으로
언제 다가올지 스쳐갈지 모를
시 발자국을 감지할 수 있다 해도
부처가 길다란 귀 지닌 것은 까닭 있는 법.
눈이 귀 되는 일.
생각도 귀에 기대는 일.
눈동자는 우주의 씨앗과 통해 있는 거라서
자신의 눈동자는 볼 수 없는 거라서
지상에 바짝 붙어 귀 기울이다가
시에 밟히는 일이 생길 수도.
어쩌다 꿈틀할 수도.

다시 인간으로

강냉이를 먹다 보니 공기청정기에
'냄새' 경고가 켜졌다.
고소한 맛이니 어쩌니 해도
냄새는 달갑지 않다는 것.
생선 굽든 청국장 끓이든 레몬향이든
'냄새'라는 것.
일희일비 놀아나거나 권태에 휘둘리든
부침 많은 일상사.
그나마 인간이 무너지지 않는 것은
허공, 표정 드문 허공 덕.
고분고분하지 않은 바람 덕이다.
둘러보면 광막함, 그 서늘한
침묵에 부딪혀 다시
인간으로 돌아오곤 하는 법.
자기 손으로 눈물 닦게 되는 법.

친해질까

백지에는 하얗게
어둠에서는 컴컴하게
빈 방에서는 먹먹하게
도사리고 있다가 걸려 들었나.
말 붙이기 어렵네.
그래도 펜 들게 하는 것을 보면
〈시〉도 적적하지 않은 건 아닌가 봐.
종종 연필심 울리는 소리를 듣고 있을까.
재미있어 할까.
그 정도로 〈시〉하고 친해질까.
갈길 멀고멀다는 막막함이
〈시〉와 나 사이를 이어 주고 있는 건가.
이런 기분 느낄 수 있다는 것 행운이지.
〈없는 듯한 나〉에게 사로잡힌 낌새가
얼핏 했으니까.
〈시〉는 또 미소 띨지 모르니까.

젖, 젖은

봄 가뭄에 비. 앞에도 위에도
돌아서도 속속들이 젖고 있다.
젖, 젖 빨면서 어미 눈빛에 젖어 있었다.
여태 생생한 젖내. 혼마저 젖어 버렸으니
늙어 가도 젖 못 본 척하긴 어렵지.
골수가 바닥날 때까진 도리 없겠지.
삐걱거리던 나무다리가 얌전해질 줄이야.
영산홍 꽃잎들 젖어 돌아갈 줄이야.
미상불 '홀로 밤 바닷가에서'*
캄캄 파도소리에 젖어 있었던 휘트먼.
유무 만상萬象이 한 가족임을 알아챈 것은
필시 젖음, 에서 발원했으리.
우주 이전에 벌써 젖.
그 힘에 젖어 있어 추락하지 않을 우주.
당신과 나도 그렇겠지.
안 보여도 그렇겠지.

* Walt Whitman의 詩.

꽃 날릴 때

날리는 꽃잎 나를 건드리고 간다.
뽀얀 꽃잎에 맞으니 기분 좋다.
벌레였다면 영 다르겠지.
저기 꽃나무 아래서 한잔 하는 남녀.
지는 꽃들에 환호하는 것을 보면
흩날리는 것에도 몸은 아주 친한가봐.
며칠 전 이웃집 개가 죽었지.
눈빛 맞추곤 했던 벚꽃 같은 털의 그.
개 떠난 거랑 꽃잎 날리는 거, 다른가?
난분분 꽃들 속에서 술잔 오르내리네.
해 기울어 가는데
일어설 줄 모르는 그들. 날려 가는
꽃이 눈길 주지 않은 것은 다행 아닌가.
그걸 몸만 알고 있음은 정말 다행 아닌가.
꽃이 원래 눈이었음을 망각한 것은
더더욱 다행 아닌가.

빅뱅은 외로움

어린잎들은 눈부신 연둣빛.

나뭇가지 펼쳐 나가게 하는 탐조등.

바람 세거나 봄비 자욱해도

결코 꺼지지 않는 불빛이다.

아기 살결 뽀송뽀송 빛나는 것도

어른들 이끌어 나가는 광채.

몇 번이고 사직서 쓰고 싶었거나

현장일 너무 고달플 때

꾹꾹 견디게 하는 신묘한 빛이다.

작은 돌 하나 담을 견실하게 하고

꼭지 덕에 산은 흘러내리지 않는다.

외로움이란

빅뱅에너지와 등가等價라서

138억년을 우주가 지속될 수 있었다.

별빛 실한 것도 그런 까닭인 것이다.

꽃말

꽃은 왜 자꾸 눈길 끌어당길까.
코까지 갖다 대게 할까.
좀처럼 돌아서지 못하게 하는 힘.
작년 모습과 달리 보이지 않는데도
처음 보는 듯한 기분은 어떤 연유일까.
꽃말 '나를 잊지 말아요'**
'당신이 나의 전부예요'***
'배신, 속절없는 사랑의 괴로움'****.
인생사 그대로가 꽃의 속마음인가.
그 속을 바람에 맡길 수밖에 없어
꽃의 혼과 무관할 리 없겠네.
밤이슬에 씻기지 않을 때가 없겠네.
녹슨 쇳덩이 사연조차
꽃말에 통할 여지는 없지 않으리.

꽃이 전하는 말

바람타고 노크하지 않을 수 없으리.

* 물망초 꽃말.

** 은방울꽃 꽃말.

*** 아네모네 꽃말.

말라 버린 근거

낙엽들 아래 새 풀잎 돋아났다.
뾰족한 그 잎을 낙엽은 누를 수 없다.
몇 겹 쌓인 낙엽도 그러하다.
물기는 죄다 말라 버려서 가벼워진 덕.
그렇게 바짝 말라 버린 근거가
봄 돼서야 드러났다.
늙으면서 쭈글쭈글 살 도망가는 모습이
좀 서운타 했는데 새싹 보고 웃게 되었다.
미풍에도 들썩들썩 휙휙 날리는 낙엽은
길 닦고 있었던 것이다.
노년의 웃음이 무겁지 않게 보이는 것도
낙엽한테서 나온 걸까.
추억이 빛 바래는 것도 마찬가지인가.
어려워 보이는 '적멸'이 봄볕 속에서
노릇노릇 반짝반짝 날리듯 빛나고 있나.
만질 수도 없이 빛나고 있나.

詩人 이승훈

왼손 글씨라서 삐뚤빼뚤.
수십 년 반질반질 길난 시업詩業 관성은
오른손 고장 났다고 주저앉을 턱 있겠나.
휘청휘청 삐뚤거리면서 왼손으로 올라탔겠지.
조물주가 왼손 대령한 일도 그 길 닦아 둔 것.
원고지 칸칸을 무너뜨리며 긁어 나가는데
군더더기가 넘보겠나.
허욕이, 방일이 알찐거리겠나.
남은 숨결마저 〈시〉로 꽉 차 있었나 봐.
'움직이는 것이 무엇인가'에서
「무엇이 움직이는가」로 올라탄 것은
순전히 왼손 글씨 덕이지 않았을까.
그 '무엇'이 발발 떨고 있었는지 몰라.
삐뚤삐뚤 쓰러질 듯 캐묻고 캐묻는데
막판에 〈시〉가 뒷걸음쳤을 거 같은데,
온몸이 종잡기 어려운 글씨체인데,

* 이승훈 (1942~2018) 유고시집 제목.

186

曲

김 모락모락 오르는 것들 셀 수 없지.

해 있는 한 쇳덩어리도 탕탕 노래하지.

빛나는 파도.

푹푹 썩고 있는 두엄더미.

한때는 오줌똥이 막강 연료였다.

논밭 콸콸 돌아가게 한 거름이었다.

해 아래서는 번쩍 솟구치고 터져 나오는 것.

분출된 용암이 덮치기도 하였다.

후퇴하는 것은 안 보인다.

쪼글쪼글 살 졸아드는 것도 전진 전진.

기억력 왔다 갔다 하는 것도 떠날 연료비축.

사방에는 전진하는 몸짓뿐.

제 곡조*에 저항할 수 있는 것은 없어

〈존재〉가 노래 아닐 수 없지.

피어오르는 침묵도 빠질 수 없지.

* 한용운의 「님의 침묵」에서 인용.

우왕좌왕 불가

천지사방으로 맡겨 버린 나뭇가지들은
사시사철 꽃인가.
활짝 펼친 나무 덕에
허공은 우왕좌왕하지 않는다.
꺾어진 가지에 돋아난 봄날의 나무눈.
나무 없이 하루를 건너가긴 어렵지.
어디서든 유일무이한 자태.
치명적인 인간의 병이
숲에서는 맥 못 추는 경우가 있지.
나무에 기댄 마음속을 가늠이나 하겠나.
나무가 本,의 바탕임을 모르고 있었네.
무변 풍월과 언제나 한 몸인 나무.
흉중을 털어놓게 하는
詩의 입구가 되고도 남겠네.

重力

#1
끌어당기는 힘은 우주질서의 근간이다. 우리
은하수와 안드로메다은하도 가까워지고 있다.
두 개의 은하가 서로 영향을 미치는 과정에서
뒤틀리고, 찢어진다. 가까워짐으로써 가스와
먼지 등이 소용돌이치고 있기 때문이다. 이때
별 탄생이 집중적으로 일어나는 징후를 가끔
볼 수 있다. (「중력으로 뒤틀리는 은하」)

#2
미운 정 고운 정에 이끌려 한평생 무수히
'뒤틀리고, 찢어지고, 폭발'했다.
3대가 함께 찍힌 흑백사진에는 식구들이
그득했다.

무게가 없어진다

「이강漓江」*을 보고 있으면
혀가 말을 안 듣는다.
살얼음 얼어 버린 안개.
돛단배는 목적지를 놓아 버렸나.
입김으로 후후 불고 싶은
「이강」.
겨울은 없는데
보는 눈길에 얼음꽃 핀다.
시린 하늘에 통하는 강.
이가염李可染 눈에 잡히면
무게가 없어진다.
목소리 멀리서 들리는 배.
가고 오는 일 없이
비안개에 얼어 있다.
볼수록 혀는 풀리지 않는다.
얼에는 얼어붙는 속성이 있다.

* 李可染(1902~1989, 중국)의 그림 「漓江」.

『세잔』에서—여진

신중하게 선택한 색으로 하나하나를 천천히
그렸기 때문에 풍경은 진동하는 느낌을 준다.[*]

빛은 입자파동으로 구성되어 있다는데
바위가 산이 진동하고 있지 않을 수 없다.
솔잎과 당신 눈빛의 떨림이 얼마나 다르냐고?
세잔을 통해서 보면 각각의 떨림은 평등관계.
빵조각이 그 떨림을 품고 있지 않다면
몸에 녹아들 수 없으리.
'풍경이 진동하는 느낌' 없다면 감흥은 어떻게
일어날 수 있겠나.
통화 속 그 목소리.
시종일관 울리고 있었다.
끊고 나도 여진은 잘 멈추지 않는 것이다.
하물며 목숨의 여진이야 더 말해 무엇 하리.

[*] 조아생 가스케.

그리움도 풀에서

새끼 넷 거느린 고양이 보고
그만 좀 낳아라, 소리치는 식당 아줌마.
눈 땡그라니 쳐다보는 고양이.
뭘 그리 자꾸 낳냐고 몇 마디 덧붙이는데
고양이도 물러서지 않고 있다.
원래 풀잎 아래서 시작된 일.
풀잎이 애초부터 생을 이끌어 온 점에서는
고양이와 인간이 다를 바 없다.
석양에 트럼펫 소리.
힐끗 돌아본 고양이, 새끼들과 이동한다.
나무 높이 집 짓는 까치.
다가올 잎들 벌써 내다보고 있는 모양.
쓴맛 도는 풀잎. 절멸이 방지되고 있다.
'소매 속의 푸르디푸른 구름바다 기운'*
그 기운, 풀잎에 직통하고말고.
그리움도 풀에서 푸르게 자라고 있다.

* 옹방강 (翁方綱, 1733~1818, 중국).

192

진흙 뻘에 냄비

진흙〔涅〕과 냄비〔槃〕가 결합된 열반涅槃.
'진흙 뻘에서 냄비 들고' 살아가는 형국?
발걸음 푹푹 빠지는 생이 '열반'이라고?
발버둥 칠수록 빠져드는 뻘.
달빛 뻘에는 까만 광택이 보인다.
근처 물결엔 빗살무늬.
빛 속에 보이니까 티격태격도 하는 거지.
시궁창 냄새, 버럭 소리 지르는 것
거짓말 소리도 가짜는 아니지.
'의미부여'만 걸러 내면 하나하나 알곡들.
눈물방울만한 보석은 없겠네,
건드리면 혼까지 적셔지는.

세파에 올라타는

천수경 금강경을 아침저녁 독송하는 아내.
어깨 힘 뺀다고 글 쓰는 나. 그렇지만
서로 목소리 높일 때가 있다.
경전 읽거나 글 쓰는 마음은 그때 없었나.
반성하는 걸 보면 사라진 것은 아닌 모양.
세파世波, 이 단어에 핑계 댈 수 있으나
사람 가는 길은 세파와 이웃하는 길.
세파엔 맞서는 것이 아니라 올라타는 것.
바위나 기슭에 부딪친 파도는
자결로 바다를 지키는가.
숱한 파편들 앞세워 생은 나아가다니.
살아있음과 미안함이 등가等價는 아닐까.

일격을 노리는

백지 중앙의 꽃은 건드리지 않고
나머지 여백에 글쓰기하고 있다.
꽃 그림에는 펜이 접근하지 못하는 것이다.
저 화사함이 스스로를 지키는 힘이 되는가.
외로움의 전위병인가.
'샹그릴라'가 기약 없이 펼쳐질 동력 아닐까.
창밖엔 긴 머리 날리는 여자들.
빨강 입술들 활짝 활짝.
영하의 찬바람도 어찌해 볼 수 없다.
칼날인 양 입술 벼리고 벼리는 여자들.
벗어날 수 없는 치명적 일격을 노리고 있나.
영영 떨어질 기미 없는 빨강 꽃잎들.
더 이상 여백 없어도
꽃 그림 버리기에는 망설여진다.

화색

오랜 세월 목수일한 친구.
따끔따끔 마음 찌르던 현장의 언사들이
얼굴 광택 나게 하는 묘수로 느껴졌다나.
험한 말들이 화살처럼 날아와
마음 때를 팍팍 제거해 주는 기분이라나.
환갑 지난 나이에도 얼굴 팽팽한 이유라는.
마음이 한결 매끌매끌해졌다는.
그렇게 세월의 속살이랑 장난치고 있는지.
세파를 윈드서핑하며 즐기는지.
표정에는 화색和色이 어려 있다.
험구에도 세파에도 빛은 실려 있으니까.
그늘지고 습한 것은 뽀송뽀송해질 테지.
말소리도 그렇게 되지 않을 수 없겠지.

파안대소

손자를 둔 친구 폰에는 아이 사진.
아이 보며 파안대소하는 표정이란
여한이 없다는 모습인가.
손자 덕에 더 오래 살고 싶은지도.
함박웃음은 폐까지 웃게 한다니.
웃음소리에는 공활한 하늘빛 묻어 있겠지.
목이 절로 젖혀지니까, 자주 그러다 보면
하늘나라 무섭지 않게 갈 수 있으려나.
살붙이들에 미련 덜 할 수 있으려나.
훤히 보이는 목구멍은 하늘과는 직통.
때 되면 몸이 투명해질 실마리가 된다.
구멍 덕에 살과 뼈 붙들려 있다는 사실.
입 가리고 웃어도 들키지 않을 수 없다.

총구가

존재는 꽃으로 터진다.

그 줄기가 침묵이다.

호시탐탐이다.

그러면 시는 무르익어 가려나.

미지의 폭약이 숙성되고 있는 줄기들.

격발 직전까지의 순후한 긴장들.

하지만 격발된 것은 시인의 몫 아니다.

총구를 떠난 꽃은 돌아오질 못하니

비장할 것 없이 아쉬울 것 없이

펜의 총열 녹슬지 않도록

겨냥 또 겨냥하는 일만이

시인의 업.

두 눈 위에 비수를 설치해 두면

적어도 진부해지지는 않을 것이다.

총구가 나를 겨눌수록 좋을 것이다.

우주가 질려

세월 빠른 게 겁날 정도라는 노인.

Fear? F, 총을 닮았지. 대포알 발사.

해 눈알이 동글동글.

입 둥그렇게 해야 멀리 가는 소리.

점 하나에 우주가 통한다니까.

점의 깊이가 보이질 않으니까.

동그라미를 몸부림은 벗어나기 어렵다.

점찍고 찍다 보니 우주가 떠올랐을 것.

찍을수록 점이 절대라는 것.

'무한'을 완벽히 장악하니까.

외롭고 적적할 때 종일토록

점을 찍고 찍고 찍고 하였다는.*

우주가 파랗게 질려

붓 아래서 잠잠해졌다는.

* 화가 김환기 (1913~1974).

199

출항

훌쩍 출항하는 잎들.

돌아갈 데가 있나 보다.

어디서 오건 어디로 가건 역 대합실.

몸은 행선지와 상관없이 出口.

出, 뭔가 분출하는 형태.

산 넘고 넘어가든 천지사방이든

뻥 뚫려 있어 마음도 머물 수 없다.

몇 안 남은 잎들은 출구의 깃발.

빛깔 자태로 이정표인 양 펄럭였다는.

당신과 나도

아득함 거느린 입구이면서 출구.

앞좌석 여자가 화장에

정성들이지 않을 수 없다.

누가 자꾸 시키는가.

고분고분할 뿐인가.

Horowitz에서 세잔이

슈베르트 「즉흥곡」에 젖어 있던 침묵은
Horowitz의 건반 타고 그만 울먹울먹.
라흐마니노프 「피아노협주곡」의 광야 건너
모차르트 경쾌함에 기분전환됐나 싶더니
슈만 「어린 시절 정경」에서는 그만 눈물이.
눈물 속에서 그 시절 떠올릴 수 있다니
침묵이라고 속없는 것은 아니다.
풍찬노숙 피할 수 없는 길도 숙명.
켜켜이 쌓이고 쌓인 슬픔을 침묵이
언제까지나 감당할 수는 없는 법.
그나마 「플로네이즈」*에서는 춤출 수 있어
침묵에 쌓여 있던 먼지가 털리는 「위안」**.
생트빅투아르산을 관통하는 상흔.
누대의 명암을 세잔은 흔쾌히 짊어졌던 걸까.
반투명에 이르도록 몸 던졌던 것일까.

어쩌면 호로비츠와 씽긋 교감했을지도.

침묵의 속살이 의외로 여리디 여리다고.

* 쇼팽.

** 리스트 「위안」 No.3.

풍경 둘

1.

간만에 파랑 하늘.
구름 한 점 근접할 수 없는
팽팽한 그 파랑에
어이, 하고 낮게 소리 내어 보았다.
놀랄까 봐
더 낮게 어이, 어이 해 보았다.
푸르디푸른 하늘이란
본시 거리가 없다는 거.
그것 믿고
하늘에 장난 한 번 칠 수 있으니까.

2.

울고불고 가버릴 땐 언제고
지금 와서 그 소리야
아, 시끄러, 시끄럽다니까.
어디냐구?

기차 타고 가는 중이지.

아이, 끊어, 전화 끊어

밖에 단풍 볼 텨

울긋불긋 난리도 아녀.

좌석 서너 칸 앞에서 들리는

늙은 어미의 소리 같다.

창밖 풍경이나 통화 얘기나

다를 게 별로 없다.

핑크뮬리

핑크에 꽂히면 무사하기 어렵다.
그 잉크는 뼛속 타고 흘러 다니느라
몸이 살짝 뜨는 기분마저 든다.
석양에서는 심홍빛에 가까워 기세 등등.
아기 실핏줄 자욱한 양 핑크 풀밭에서
가늘가늘 가리키는 줄기 따라 눈 던지면
물물 모두가 핑크 안개로 점령되는가.
숨결 있고 없고에 상관없이 핑크빛으로
젖어 있게 되는가. 발그레하던 노을 검붉어도
핑크는 핑크. 힘겹게 걸어가는 노인이,
웃어 젖히는 여자, 깡충깡충 뛰고 있는 아이가
핑크 핑크 핑크. 바람 강물 구름이 핑크.
친정이 서운할 때 있어도 핑크. 손에 다리에
걸을 때나 서있거나 떠나지 않는 핑크뮬리.
눈길마다 감겨드는 뮬리 핑크뮬리.
몸의 비경은 핑크빛 아기 맨살에서 피어난다.
가을 복판에 핑크 핑크 핑크뮬리.

속물

어미개가 비를 피해 새끼 물고 가다가

바위틈 아래로 그만 빠뜨렸다는 뉴스.

안타까움이 두 눈 가득하였다.

먹이와 잘 곳 마련은 어미의 급선무.

맞선 보고 오면, 그 남자 뭐하는 사람이냐,

벌이가 좀 있느냐고 묻는다.

俗物.

사람이 골짝 골짝〔谷〕을 이루는 길에는

속물근성이 필수.

노래 「Golden Heart」*를 들었다.

무엇보다 당신 가슴이 Golden Heart라는.

금처럼 오래 갈 Heart라는.

어미가 새끼 멕이는 일은 눈물 멕이는 일.

눈물 덕에 어미는 영영 잊혀지지 않는다.

무덤도 소용없는 일이 된다.

* Mark Knopfler (1949~).

하늘이 멀쩡한 것은

조물주도 어떻게 해 볼 수 없는 영역이 있다.
아무리 여자를 예쁘게 빚어도 무릎만은 제대로
하기 어려웠나. 가고 싶은 데로 기동해야 하는
동력. 그 모양새까지 손닿기는 어려웠나. 인간의
자유의지를 너무 쉽게 본 거 아닐까. 때론
화풀이를 걷어차면서 할 때가 있지. 울퉁불퉁
무릎이 오랜 그 흔적의 여파일 수도.
피조물이라고 항상 고분고분한 건 아니라는 사실.
허공에 주먹질할 때 있는 건 또 어떻고.
'하늘이 귀머거리인가' 하고 원망했던 유배중의
단종. 인간사를 일일이는 개입할 수 없다는 걸
간과했나 봐. 그래도 하늘이 멀쩡한 것은 인간에게
눈물이 있다는 것. 말 못 할 사연과 분노를 삭일
수 있는 눈물 덕에 하늘은 유지되는 것. 가끔은
하늘이 검푸르게 멍든 모습 들킬 때가 있는데
비 잔뜩 머금었을 때 울먹거리는 그때가 바로
그런 것이다.

넘실넘실

넘실거리는 여자.
오대양 넘실거림이
애초부터 스며들었나.
무료한 눈빛을 툭툭 건드리는
몸과 맘을 뭉클거리게 하는
넘실넘실.
본인도 보는 이도
완전하게 통제할 수는 없다.

인류가 수시로 위태위태하여
갈피 잡기 어려울 때 있어도
넘실거리는 에너지.
멈추지 않는 그 지속성에
존재는 방향을 잡곤 한다.

넘실넘실 저 여자.
어디를 가고 있는가.

저 산 너머 너머
넘실거리는 바다.
푸르게 푸르게
고독한가.
더 갈 데 없이
고독한가.

사바

娑婆. 속세라고 한다.

모래바람 일고 파도치는 세상을

여자가 받들고 있다는.

여자 없으면 무너지려나.

모래바람과 파도에 허우적거리려나.

양팔 벌리고 속진을 헤쳐 나가는 형태.

이리 보고 저리 보고 뒤에서 봐도

도망갈 수 없는 글자.

볼수록 여자의 피와 땀이 읽힌다.

젖 물리며 온통 새끼한테 쏠려 있을 어미.

파도치지 않을 때 없는 사바는

죽음 이외 확실한 것 하나 없는 사바는

그대로 조물주에 통해 있어

도리 없이 여자에게 선물할 밖에.

감각의 핵 그리고

어디든 닿을 수 있는 눈물 강을.

세세토록 마르지 않을 눈물 강을.

노래와 율동으로

서너 살 아이한테 노래와 율동으로
영어 알파벳을 가르치는 엄마. 아이도
즐겁게 따라한다. 노래와 춤을 앞세우면
영락없이 먹혀들게 되어 있지.
뱃속에서 듣던 엄마 심장고동 소리가
노래의 바탕, 엄마 걸음걸이에서는
율동이 체득되지 않을 수 없지.
암벽도 빛과 어둠의 율에 젖어 있으니.
언제든 노래를 받들고 있는 침묵이
숱한 고비 고비에 부딪칠 때마다 깨지고
박살나고 하여, 노래와 춤의 바탕인 줄은
차마 짐작인들 갈 수 있으랴. 리듬 없인
한 발자국도 움직일 수 없음을 알아채긴
쉽지 않지. 어쩌겠나, 술이 그래도
그 가락 아슴푸레 떠올릴 수 있으려니.
노을 지는 주막을 아니 들 수가.
눈길 흔들어 놓을 한 잔 아니 할 수가.

'不生不滅'의 '不'이 날고 있어

생 앞에서 새는 날고

멸 앞에서도 새는 날아

바람길 정처 없어

몸은 길을 나설 수 있다.

어디로 흘러가든

당신을 맹신하는 그림자.

막막함도 그와 같아서

외로움이 무너질 일은 없다.

거울에 비친 모습이

가끔 낯설게 보이는 것은

막막한 기운이 꽃피고 있다는 것.

홀로 술 마시든 빈둥거리든

무연한 눈길에 몸 맡길 때

도저한 막막함도

노을빛에 비틀거릴 때가 있다.

앞서 걷는 이의 굽은 등에서

비틀거릴 때가 있다.

흑매

단검 표창 장검에도 음각된
꽃 하나.
남쪽 사찰에서 온 소식.
잡념이
기척 없이 진압되는
검붉은 매화.
어둠 물고 있는 칼날에
그토록 어울리다니.
黑梅,
주문처럼 중얼거리고 싶다.
가슴 깊숙이 간직하고 싶다.

점. 없으면

점은

힘.

에너지.

희열이다.

존재는

점.

숨구멍.

영원의 아가리.

점. 없으면

영원은 질식한다.

해설

'한 점'에서 創發하는 '空'의 시학

"한 톨의 微塵 속에 온 우주가 담겨있다."
―『華嚴經』

이미나

불교 화엄사상의 가르침을 7언 30구의 시로 요약한 의상
대사의 『法性偈』의 한 구절인 "일미진중함시방一微塵中含
十方"은 "하나의 미세한 티끌이 시방을 포함한다."는 말이
다. 즉 '한 점' 티끌에 온 우주가 담겨 있으며, 낱낱의
티끌 마다 十方의 모든 정보가 들어 있다는 것이다. '한
점' 크기에 온 세계가 들어 있듯이 마찬가지로 찰나의 시
간 속에 무한한 시간이 들어 있다. 미세한 티끌에도 온
법계가 들었듯이 하나 속에 일체가 들어 있고 일체 안에
하나가 들어 있다. 때문에 크고 작음이 본래 하나이며,
有와 無가 다르지 않다. 이러한 '一卽多 多卽一'의 설법,
온 우주가 담겨 있는 티끌 '한 점'의 공간과 무한한 시간

이 들어 있는 '찰나'의 시간(一微塵中含十 一念卽時無量劫)을 담고 있는 것이 화엄사상이다. 그렇기에 화엄경에 따르면 마음과 부처와 중생은 전혀 다르지 않으며(心佛及衆生是三無差別), 모든 중생에게는 광대한 如來의 지혜가 있다. 세상은 그 셋이 중첩되어 있는 '한 점'이 무상하게 명멸하며 흘러가는 '자상自相의 흐름'이다. 즉 十方을 담고 있는 一微塵, 오직 한 찰나 동안만 존재하는 '한 점'은 모든 존재의 실체이며, 세상 또한 '한 찰나 존재하는 한 점'일 뿐이다. 一會에 세계가 충만하고 하나에 無量의 세계가 있으며, 一毛孔에 大世界가 있듯 한순간에 영원이 내포되어 있다는 것이다. 이렇듯 부분이 전체와 같을 수 있는 무한세계에서 삼라만상은 그저 '한 점'과 같다는 것이 화엄의 철리哲理이다.

이러한 불교의 무한 개념은 한이 없는 수壽의 연장과 '공(空, Sunya)'의 사상으로 설명될 수 있다. 어원적으로 空을 일컫는 산스크리트어 순야Sunya의 어근인 스비Śvi는 '부풀어 올라 안이 텅 비어있다.'는 뜻이다. '부풀어 오른다'는 것에는 확장한다는 의미가 내재되어 있다. 공기로 가득 차 확장되어 있는 공간은 투명하게 비어있는 것처럼 보인다. 즉 空은 비어 있으나 비어있는 것이 아니며, 비어 있으나 가득 차 있는 것과 같다. 따라서 空은 無가 아니라 모든 현상이 치밀하게 상호 연관되어 지속적으로 변화하고 있는 존재의 성격을 이른다. 끊임없이 변화하고 운동하는 존재의 총체적인 성격이 공성(空性, Śūnyatā)인 것이다.

이와 같은 공의 의미는 불교사상의 바탕이 된다. 부처의 말씀처럼 공은 바람처럼 빈 공간 속에 있으나 붙잡을 수 없고, 어디에서 불어오는지 알 수 없지만 손에 스치는 촉감과 나뭇잎의 흔들림을 통해 그 존재를 확인할 수 있는 것이다. 때문에 空은 단순히 비어있는 것이 아니라 보이지 않는 것으로 가득 차 있는 것과 같다. 이는 『반야심경』의 "色卽是空 空卽是色", 즉 모든 有形이 無形이고, 無形이 有形이라는 것을 뜻한다. 이처럼 空은 有도 아니고 無도 아닌, 있는 것도 아니고 없는 것도 아닌 존재 형태이자 모든 존재론적 현상의 본성이 되는 것으로 이해할 수 있다.

설태수 시인은 "한 점에서 우주가 탄생했다"(「프라틈기람」)는 설법, '티끌 하나가 시방세계一微塵含十方世界'(「양양한」)이며, "삼라만상 어디든 부처님들 꽉 차 있"(「無, 不 넘실거리는」)다는 불교적 사유를 바탕으로 만물 일체를 의미하는 '한 점'에서 창발(創發, emergence)하는

十方의 세계, 즉 空의 미학을 담고 있는 시세계를 이루고 있다.

따끔, 모기한테 종아리가 물렸다.

잘 안 보이는 점에서 부어오른다.

시작을 알리는 점.

쌀알에 수박에 곡물마다 그것을 받드는

점이 있다. 점 같은 항문에 사람 동물이

얹혀 있다.

지구 태양이 별들의 궤도가 점이다.

까망 초록 파랑 분홍 어떤 펜이든

콕, 점을 찍으면

영원은 바들바들 거릴 것이다.

굵직한 뱀장어 대가리에 송곳 꽂히면

몸 전체가 파르르 파르르 하듯이.

숨 쉬는 것들 노을 뿌리고

비를 적시네.

물린 자리가 아직 얼얼.

이 관성 끝날 자리는 보이지 않는다.

안 보이는 것이 다행이기도 하다.

—「점」

세월 빠른 게 겁날 정도라는 노인.

Fear? F, 총을 닮았지. 대포알 발사.

해 눈알이 동글동글.

입 둥그렇게 해야 멀리 가는 소리.

점 하나에 우주가 통한다니까.

점의 깊이가 보이질 않으니까.

동그라미를 몸부림은 벗어나기 어렵다.

점찍고 찍다 보니 우주가 떠올랐을 것.

찍을수록 점이 절대라는 것.

'무한'을 완벽히 장악하니까.

외롭고 적적할 때 종일토록

점을 찍고 찍고 찍고 하였다는.*

우주가 파랗게 질려

붓 아래서 잠잠해졌다는.

* 화가 김환기 (1913-1974).

—「우주가 질려」

기하학에서 점은 기본 요소 중의 하나로 특별한 위치를 나
타내는 것이다. 점은 위치를 갖지만 크기를 가지지 않고
공간을 점유하지 않기 때문에 우주 어디에나 존재할 수 있
다. 즉 점은 차원이 없는 눈에 보이지 않는 '본질Wesen'이

기에 쪼갤 수 없는 근원, 원점 등을 의미한다. 외적으로는
최소의 '기본형태Elementarform'로 표기되기도 하지만 점
에서 또 다른 점으로 무한히 확장될 수 있기 때문에 그 한
계를 정확하게 한정 지을 수는 없다. 점과 점의 움직임에
서 선이 생겨나며 선은 면으로 변화할 수 있고 다시 무한
한 평면으로 그 경계가 확상될 수 있다. 때문에 점은 점일
수 있는 외적인 크기의 한계를 부단히 넘어서면서 무수히
많은 본질로 형상화된다. 점들이 모이고 쌓이면서 다양한
형태와 크기의 새로운 본질이 생성되는 것이다.

「점」에서 시적 화자는 모기에 물린 '잘 보이지 않는 점'이
부풀어 오르기 시작하는 생성의 순간을 경험하고 있다.
모기가 물고 간 '점'은 살갗을 부풀어 오르게 만드는 그
'시작을 알리는 점'이다. 이렇듯 '쌀알에도 수박에도 모든
곡물마다'에는 "그것을 받드는 점"이 존재한다. 때문에
다양한 '형상Gestalten'의 본질은 바로 '한 점'에 있다. "어
떤 펜이든/ 콕, 점을 찍으면" 그 점은 자신의 중심으로부
터 스스로 자라나면서 역동적인 것으로 비약하게 된다.
"굵직한 뱀장어 대가리에 송곳 꽂히면" 그 '한 점'에서부
터 "몸 전체가 파르르 파르르 하듯이", '콕 찍은 한 점'에
서 "영원이 바들바들" 떨리는 것처럼 절대적인 울림을 발
산하는 것이다. 점의 머무름에서 시작되는 이러한 울림은

모든 사물의 내적인 울림, 즉 '영혼적인 진동Vibration'을 의미한다. 설태수 시인은 '실존과 창조와 열반의 모든 것'이 바로 '점' 하나에 달려 있다는 것을 말하고 있다.

「우주가 질려」에서도 마찬가지로 시적 화자는 "점 하나에 우주가 통한다"는 것을 갈파하고 있다. 점을 "찍다 보니 우주가 떠올랐"다는 것에는 존재와 존재 사이의 교량 역할을 하는 점의 내재적 의미가 담겨 있다. 붓 아래 찍힌 '동그라미의 몸부림', 즉 '한 점'의 머무름으로 인해 만물 일체가 구체적으로 그 윤곽을 드러내고 있다. 이는 '무한을 완벽히 장악하고 있는 절대적인 점'에서 모든 것이 융성한다는 것을 의미한다. 이런 의미에서 점 하나를 찍는 것은 "찍을수록 점이 절대라는 것"을 인식하는 일, 삼라만상의 실존實存을 깨닫는 일과 같다. 즉 "점은/ 힘./ 에너지./ 희열"이며, "존재는/ 점./ 숨구멍./ 영원의 아가리."이기 때문에 "점. 없으면/ 영원은 질식한다."(「점. 없으면」) 이처럼 설태수 시인은 '점'에서 시작하여 '점'으로 끝맺으며, 점으로부터 무한으로 확장되는 세계의 심원深邃을 환유하고 있다.

> "평범한 용도를 가진 일상 소재에서 시적인 측면을 일깨우는 게 작가로서 내가 할 일.'"

'시적인 측면'이라 한다. 側面. 살짝 옆으로 방향을

틀 때 보이는 면. 측면은 그러나 간단히 끝나는 게

아니다. 그 측면의 측면 식으로 사방팔방시방

무한 n 승이 나오고도 남는다.

구체球體에는 정면이 따로 없다. 축구에 측면 공격이

있고, 이브는 아담 갈비뼈로 빚어졌다고 한다.

정면에서 보이지 않는 것들이 측면 측면으로

줄줄이 딸려 나와 패물 이상의 것도 적잖을 것.

바람이 미끄러질 때가 많을 것이다. 얼굴 정면은

두 눈이 압도적이라서 화장한 얼굴은 맨 바탕이

잘 안 보이기도. 귀 뒤편 주름은 그러나 차곡차곡

포개진 세월이 보인다. 옆모습이 이쁜 사람도 있다.

로댕의 '생각하는 사람'은 멋지다. 여타 동물과

구분되는 결정적 자태. 아득한 향수 같기도 하다.

어떤 시 읽을 때 시인의 그런 모습이 떠오른다.

노을은 하루의 옆모습인가? 측면, 풀어도 풀어도

자꾸 충동질하는 것만 같다.

아픈 사람을 곁에서 부축하는 정경.

멀찍이서 보다가 그만 하늘을 보고 말았다.

* 미술가 구정아가 한 말.

—「측면」

집에서 발원하였기에 돌아가는 셈.

몸이 집. 통증이 집. 선율과 바람도 집이다.

에너지 그대로 집이다. 어떤 파편이든 그렇다.

뭉개지지 않는 빵 냄새도 물론 집.

잎들 하나하나 낱낱의 세포도 집, 집이다.

스스로 집 아니고선 나그네가 될 수 없다.

글 쓰는 일도 안 보이던 집 발견하는 일.

집의 집은 공 아닐까. 쯧, 뭔가 서늘하여

안개 같기도 해. 솟구친 태양도 얌전해지는.

젊은 여자들끼리 웃으며 하던 말,

기집애, 어쩜 저렇게 여우같을까.

집, 그 용도가 끝이 안 보인다.

―「집」 부분

불교의 정수를 담고 있는 경전 『法華經』은 十方世界라는 열 군데의 방위를 축으로 정토세계淨土世界를 표현하고 있다. 28품 각각에 나타나고 있는 공간과 장소, 방위는 불국토를 형성하는 틀로 제시되고 있다. 十方世界는 동서 남북의 사방四方과 서북·서남·동북·동남인 사유四維, 상하 上下의 열 방향을 나타내는 것이며, 과거와 현재, 미래의 삼세三世를 통칭하는 것이다. 불교에서 시방세계는 온 우주의 시간과 공간을 의미하며, 이러한 시방에는 무수한 세계가 있고 그 안에 수많은 부처가 두루 존재한다. 이렇듯 十方世界는 일체의 중생이 존재하는 세계이며, 諸佛이 偏在하는 현실정토이다. 十方三世는 보편적인 시간 개념인 과거와 현재, 미래와 동서남북, 사방팔방, 상하좌우의 공간 개념을 근간으로 한 세계의 구체적인 표현이다. 시방세계의 중심인 인간에게 시간과 공간은 실존적 삶의 기본 조건이라고 할 수 있다. 인간은 삶의 지평인 공간체계 안에서 신체를 통해 방위와 경계를 인식하며, 위치에 따른 장소적 특성을 지닌다.

이러한 시방세계는 설태수 시인의 시편들에서 "티끌 하나가 시방세계"(「양양한」) "사방팔방시방"(「측면」) "사방팔방시방"(「『세잔』에서─절망을 향해」) "사방팔방으로 백지 같은 막막함"(「詩」) "사방으로 눈길 돌리면 젖은 것들"(「차가운 해방」) "천지사방"(「코끼리」) "천지사방 모서리들"(「바람의 맥박」) "방방곡곡"(「방방곡곡 실핏줄」) "천지사방으로 맡겨 버린 나뭇가지들"(「우왕좌왕 불가」) "상하전후 사방팔방 자유자재"(「그물날개」) "심심하면 사방이 잘 보이고"(「심심하면」) 등의 구절들을 통해 나타난다.

「측면」에서도 시적 화자는 "살짝 옆으로 방향을 틀 때 보이는 면"인 "側面"에서 "사방팔방시방"의 세계를 발견한다. 사전적으로 '측면'은 '사물이나 현상의 한 부분 또는 한쪽 면'을 의미하며, 좌우의 방향을 내재하고 있다. 그런데 측면이 "측면의 측면 식으로" 확장되면 四方으로, 八方으로 十方으로 그 범위가 무한대로 넓어질 수 있다. 이는 '한 점'에 무한이 들어 있다는 것과 마찬가지로 '한 면'이 "무한 n승"으로 끊임없이 이어진다는 것을 의미한다. 이러한 무한세계는 현대수학에서 '1, 2, 3... n ...'의 자연수 모임의 무한으로 이해될 수 있으며, '2, 4, 6 ... 2n ...'과 같이 자연수에 임의의 정수를 곱하여 만든 수열의 무한 개념으로도 해석할 수 있다. 때문에 측면은 "측면으로 줄줄이 딸려 나"오고 "차곡차곡 포개"지거나 "풀어도 풀어도 자꾸" 확장되는 무한의 공간으로 나타나며, 이는 곧 불교의 十方世界를 의미한다. 그런 점에서 시적 화자는 "아픈 사람을 곁에서 부축하는 정경"을 바라보며 현실정토에 존재하는 諸佛의 한 측면을 발견하고 있는 것이다. 이렇듯 설태수 시인의 시적 공간은 無限으로 확장되는 十方이자, "발아 이전부터 n승 시간"(「『세잔』에서—곰삭은 햇살」)이 이어지는 無量한 세계라고 할 수 있다.

이러한 무한한 十方世界는「집」에서 "空"의 세계로 이어진다. 불교에서는 무한소와 무한대의 사유를 '공空' 사상을 중심에 두고 설파한다.「집」에서 시적 화자는 병원을 나와 "집에서 발원하였기에" '집'으로 돌아가고 있다. '집'이 모든 것의 시작점인 '발원'이라는 점에서 '몸도 집이고 통증도 집이며, 선율과 바람도 집'일 수 있다. 일체만물, 즉 '에너지와 파편, 빵과 냄새, 잎들 낱낱의 세포' 또한 그 발원이 '집'이라는 것이다. 시적 화자는 스스로 발원하는 것, 스스로 집이 되는 것이 모든 존재의 실존방식이라고 보고 있다. 그러한 발원으로서의 '집의 집'은 마치 '空'과 같다. 이는 용수龍樹의『中論』에서 "일체공무자성공一切空無自性空"으로 언급되는 구절에서 일체가 '무자성공無自性空'이라는 것, 즉 모든 만물의 실상實相이 '空'과 같다고 한 것과 닿아 있다. '空'은 두 개의 한자 '구멍穴'자와 '장인 工'자로 이루어져 있다. 첫 번째 '구멍 穴'은 집 면 'ㅗ'과 여덟 '八'로 구성되어 있다. 이는 지붕만 있는 집이거나 지형적으로 비어 있는 공간을 의미하기도 하지만 경맥의 '혈'과 같이 사람 몸에 신경이 모이는 곳을 의미하기도 한다. 두 번째 '장인 工'은 오랜 시간 끈기 있게 노력하여 성과를 이루어 내는 장인을 의미한다. 입구가 열려 있는 장소를 의미하는 穴과 심혈을 기울여 기술을 연마하는 장인의 工이 합쳐진 '空'은 동굴과도 같은 깊은 곳을 몰두하여 파헤치는 장인의 모습이 연상되면서 인간이 자아에 대해 심도 있게 고찰하는 것과도 연관된다. 시적 화자가 "글 쓰는 일도 안 보이던 집 발견하는 일"이라고 한 것과 같이 "집"은 삼라만상의 진정한 존재 양상이라고 할 수 있다. 즉 "그 용도가 끝이 안 보"이는 '非有非無'한 실존에 부합하는 것이 바로 '空'인 것이다. 설태수 시인은 이러한 '空'의 세계를 "백년을 찰나로 만들 것"(「『세잔』에서―침묵의 노래」)이라는 세잔의 회화에서 발견하고 있다.

　　영원은 순간순간에 대등하여

　　현재는 낱낱이 살아 있는 영원.

　　모래알 하나 그대로 일 수 없는 것도

　　삼라만상이 공명 속에 있기 때문.

　　주황빛 바위들의 광채.

　　목욕하는 나신들에 어린 하늘빛.

　　그 어떤 현상에도 영원은

　　총동원되어 있다.

　　쌓이고 쌓이는 빛이 순간을

　　태풍 눈보라가 역동적 균형을

　　벗어날 수 없는 법.

　　그의 터치에 걸려들면

햇살도 층층이 얼어붙어

영원은 지금 서늘히 메아리친다.

그 울림에 매료되었나,

마지막 길에는 이젤이 곁에 있었다.

—「『세잔』에서—역동적 균형」

바람은 빈틈없어서

색채는 얌전할 수 없다.

대상을 새롭게 그릴 수 있는 것이다.

볼 때마다 다르게 다가오는 것은

빛 샐 틈 없이 발화되고 있다는 것.

날리는 잎도 덧없음이 있을 수 없다.

'순간'이 '영원'으로 터치되는 것이다.

시간을 통해서 시간이 정복되는* 셈.

'빛의 부피'라고 했던가.

먼지 알갱이들이 거울에도

뿌리를 내릴 수 있는 것이다.

오랜만에 친구가 보자고 하는 문자.

독백을 순환시키는 빛의 전송.

그 부피의 충격에 몸은 이미

떠올라 버렸다.

* T. S. Eliot.

　　　　　　　—「『세잔』에서—시간이 정복되는」

근대회화의 아버지로 불리는 폴 세잔은 후기 인상주의의
대표적인 작가로 전통적인 미술과는 다른 방식으로 자연
을 표현하고자 한 화가이다. 세잔은 자신이 포착한 것을
화폭 속에 옮기는 일을 "구현한다réaliser"는 말로 표현하
였다. 인상파 화가들이 자연을 세밀하게 모사하여 그대
로 재현하고자 하였다면, 세잔은 "자연은 표면보다는 깊
이에 있다."고 말하면서 자신이 해석한 바대로 자연의 내
적인 것을 구현하고자 하였다. 세잔은 자연을 뒤덮고 있
는 오랜 관습과 인위적인 사유를 걷어 내기 위해 고전주
의 원근법을 해체하여 여러 시점이 공존하는 다시점의
원근법을 사용하였다. 이는 퐁티가 말한 "체험된 원근법
perspective vécue"이라고 할 수 있다. 즉 보이는 것과 보
이지 않는 것을 모두 포착하는 '지각의 원근법'인 것이
다. 세잔은 단일 시점이 아닌 다관점의 "확장된 눈"l'œil
dilaté으로 대상을 바라보았으며, 사물의 외관이 아닌 그
이면의 변하지 않는 본질적인 기하학적 구조를 그리고자
하였다. 그러한 시도는 언제나 관습적인 앎에 대해 회의
할 것을 요구하였으며, 주어진 것의 굴레에서 끊임없이
벗어나도록 하였다. 이렇듯 세잔은 19세기 회화의 기본

적인 틀에 갇힌 가치들을 부정하고 단일 시점의 원근법을 해체하여 현상의 전체적인 모습을 포착하고자 하였다. 이런 점에서 세잔 회화의 예술적인 역량은 구체적인 재현이 아니라 색채의 힘에 기반하고 있는 평면 추상에서 '구현rèalisation'되는 것에 있다고 할 수 있다. 이러한 세잔 회화의 예술 세계는 설태수 시인의 '세잔' 연작 시편들을 통해 확인할 수 있다.

「『세잔』에서—역동적 균형」에서 시적 화자는 세잔 회화의 "역동적 균형"에 대해 말하고 있다. 세잔의 화폭에서 "영원은 순간순간에 대등"하고 있으며, "현재는 낱낱이 살아있는 영원"과 같다. 시적 화자가 세잔의 그림을 보며 "그 어떤 현상에도 영원은 총동원되어 있다."고 말하는 것은, 그의 그림에는 "삼라만상이 공명 속에 있기 때문"이다. 삼라만상이 공명 속에 있다는 것은 비어 있으나 가득 차 있는 '空'의 세계를 의미한다. 세잔 회화에서 배경은 제재와 함께 공간을 구성하는 중요한 요소이다. 특히 허공은 모든 사물들의 흔적을 품고 있는 공간으로 "주황빛 바위들의 광채"와 "목욕하는 나신들에 어린 하늘빛"들로 가득 차 있다. 세잔의 비어 있는 허공은 부재의 공간이 아니라 사물의 흔적으로 두터워진 세계의 깊이를 드러내고 있는 것이다. 시적 화자는 세잔 회화의 "쌓이고 쌓이는 빛이 순간"이 "그의 터치에 걸려들면"서 "역동적인 균형"을 이루고 있는 것을 포착하며 '메아리와 같은 울림에 매료'되어 있다.

「『세잔』에서—시간이 정복되는」에서도 마찬가지로 시적 화자는 세잔의 회화에서 비어 있는 공간, 즉 "바람은 빈틈이 없어서" 모든 대상이 허공 속에서 "빛 샐 틈 없이 발화되고 있"는 것을 묘득한다. 색채의 겹쳐짐으로 인해 "'순간'이 '영원'으로 터치되는 것"을 발견하면서 "시간을 통해서 시간이 정복"되고 있음을 깨닫는다. 시적 화자는 이러한 매 순간 '빛의 진동'으로 새로움을 발생시키는 세잔의 회화에서 끊임없이 변화하고 역동하는 생성의 순간을 목도하고 있다. 이는 일체 만물이 늘 생성 속에 놓여 있는 존재라는 점에서 삶의 무한한 생성과 아득함의 세계를 깊이 구현하고 있는 것과 연관된다. 색채를 덧칠하는 방식으로 "두툼한 허공"을 만들어 내는 세잔은 "빛의 누적을…간파했"(「『세잔』에서—두툼한 빛」)던 화가이자 "색채 울림을 탐색할 수 있"(「『세잔』에서—절망을 향해」)는 화가라고 할 수 있다. 설태수 시인은 세잔의 화폭에서 "새나가지 않은 빛의 그 깊이를…가늠"(「『세잔』에서—'왜 푸른가 영원은?'」)하며, '빛의 떨림'을 읽어 낸다.

바위가 떨리고 있었던 것은

그 색깔 때문이었다.

색이 바위의 심장일 것이다.

잿빛 보라 황갈 고동 색색이 숨.

숨 없는 존재가 있을 리 없다.

그들 변용은 구름 빛에 기대지 않을까.

구름이 가장 믿고 있는 것은 바위

바위는 구름인 것이다.

그들 속살 다르지 않으니까.

들여다볼수록 점점이 점점이라서

별빛은 이들을 차별한 적 없다지.

수억 광년인데 벗어날 수가 있어야지.

구름 바위에 찬 기운 충일하다는 것.

바위구름이든 구름바위라 하든

얼마나 잘 어울리는 발성인가.

무슨 리듬 같은 울림 아닌가.

부를수록 귀는 깊숙이

깊숙이 안온해지네.

—「『세잔』에서—바위의 심장」

'공기를 그리고 싶다'고 말한 바 있는 폴 세잔은 빛의 진
동 속에서 공기가 느껴질 수 있도록 이미지의 떨림을 그

려 내고자 하였다. 그는 '허공에 물결치고 있는 빛깔'(「『세잔』에서—빛깔 지느러미」)과 나뭇가지를 흔들며 지나가는 산들바람과 같은 자연의 숨결을 표면의 붓 터치를 통해 표현해 냈다. 세잔의 색채는 대상의 표면보다는 깊은 곳의 단층을 표현하는 방식으로 "겹겹이 터치"(「『세잔』에서—겹겹이 터치」)되었다. 여러 겹의 색면이 반복되면서 형성되는 풍성한 질감은 눈에 보이지 않는 공기의 떨림과 여백의 흔적들을 담아 낸다. 세잔은 눈에 보이는 모든 것은 항상 변화하고 있다는 것을 인식하고 늘 유동하는 자연의 편린들을 색채를 통해 표현하고자 하였다. 이러한 점에서 세잔 회화의 핵심은 평면성이 아니라 깊이에 있다고 할 수 있다. 설태수 시인은 여러 편의 '세잔' 연작시들을 통해 세잔 회화의 예술성에 대한 깊은 인식을 드러내고 있다. 그는 세잔 그림의 "출렁거리는 빛", "저 너머에서 손짓하는 빛깔"과 "빛들의 수다"(「『세잔』에서—빛들의 수다」)와 같은 울림, "그치지 않는 녹색 파동이…허공에 물결치고 '유영하는 빛깔 지느러미'(「『세잔』에서—빛깔 지느러미」)가 "형형색색 공명을 일으"(「『세잔』에서—겹겹이 터치」)키며 "바위가 산이 진동하고 있"(「『세잔』에서—여진」)는 풍경을 시적으로 언술하고 있다.

「『세잔』에서—바위의 심장」 또한 세잔 회화에 나타난 '빛의 떨림'을 묘사하고 있는 작품이다. 세잔의 회화를 바라보고 있는 시적 화자는 그림의 "바위가 떨리고 있었던 것은/ 그 색깔 때문"이라는 것을 해득한다. '바위의 심장'에는 '색'이, "잿빛 보라 황갈 고동 색색이 숨"으로 들어차 있다. 바위를 일상석으로 바라보는 관습적 시각을 버리고 그 표면을 꿰뚫는 새로운 시선으로 자연의 비가시적 세계에 존재하는 '숨결'을 '색색의 빛깔'들로 형상화하고 있는 것이다. 이는 보는 것과 보이는 것 사이의 교차와 얽힘의 관계를 사유하는 화가의 태도와 연관되어 있다. 세잔의 덧칠하기의 작업은 근본적으로 색채를 이루는 구조이기 때문에 연속되는 색면의 반복은 대상의 형상을 만들어낸다. 그러나 역설적이게도 색깔이 "점점이 점점"으로 덮일수록 형상의 경계는 흐려지면서 사물들이 뚜렷하게 구분되지 않는 효과를 보인다. 때문에 "구름이 가장 믿고 있는 것은 바위"가 되고 "바위는 구름인 것"처럼 '속살이 다르지 않은' 바위와 구름은 그 경계가 지워지면서 "바위구름이든 구름바위라 하든" "그들의 변용은 구름 빛에 기대"어 전체적인 조화를 이루게 된다. 이렇듯 세잔은 자연의 표면이 아니라 현상 이면의 내적인 연관성을 색채로써 표현하고자 하였다. 시적 화자는 세잔의 색채 안에 각인되어 있는 "리듬 같은 울림"과 "깊숙이 깊숙이 안온"하게 자리 잡고 있는 '신의 미소와 같은 빛깔'(「빛깔은 신의 미소」)을 적실히 표현하고 있다.

최후 몇몇 그림에서였다
구름이 구석구석 들어와 있었던 것은.
활활 차갑게 산화하는 길에는
강 호수 바다의 푸르디푸른 기세도
어쩔 수 없는 것이다.
약동하는 기류의 힘이 어디든 끓고 있어
'공기와 물체 사이의 윤곽을 그려내기가
어렵다.'는 진술.
구상과 추상작용 간의 긴장감이
떨림의 터치로 나올 밖에.
'그러니 계속 같은 자리에서 관찰해야겠어.
오른쪽 쳐다보면 전에 못 본 것이 나오고
왼쪽을 보면 놓친 것이 나오니까 말이야.'
그의 그림에서는
詩가 깊어지고 있었다.

—「『세잔』에서—詩가 깊어지고」

폴 세잔은 관찰을 통해 서로 다른 관점에서 파악된 자연의 조화로운 구조를 그리고자 한 화가이다. 그는 사물의 깊이를 창출하기 위한 방법으로 하나의 윤곽선을 거부하고 형태와 빛에 따라 변조되는 색의 변화를 누진적으로 표현하였다.「『세잔』에서―詩가 깊어지고」에서 시적 화자는 세잔의 "최후 몇몇 그림"에서 "詩가 깊어지고 있"는 것을 살피고 있다. 세잔의 그림에는 "구름이 구석구석 들어와 있"고 "활활 차갑게 산화하는 길"과 "푸르디푸른 기세"가 가득하다. "약동하는 기류의 힘이 어디든 끓고 있어/ '공기와 물체 사이의 윤곽을 그려내기가 어렵다.'는 진술"은 세잔이 여러 겹의 윤곽선을 통해 끊임없이 동요하는 지각의 과정을 그려내고자 했음을 드러낸다. 세잔은 겹친 선들이 만들어 내는 움직임을 통해 형태가 중첩되면서 유동하고 있는 대상의 어긋나는 지점들을 동시적으로 화폭에 담아 내고자 하였다. "오른쪽 쳐다보면 전에 못 본 것이 나오고/ 왼쪽을 보면 놓친 것이 나오"기 때문에 "계속 같은 자리에서 관찰"하면서 "구상과 추상작용 간의 긴장감"을 "떨림의 터치"로 그려낸 것이다. 세잔은 다시점의 원근법과 중첩된 윤곽선을 통해 공기와 빛의 떨림을 색채의 단계적 변화에 따라 미묘한 양감으로 표현하였다. 세잔의 회화는 "윤곽들이 탈출하려는""혼재하는 빛깔의 힘이 이끄는 세계"(「『세잔』에서―허깨비 장난」)를 구현하고 있으며, 그것은 "사방팔방으로 백지 같은 막막함"과 같은 "순백의 기운"에서 "〈존재〉를 관통하"며 비로소 솟아나는 "〈詩〉"(「詩」)적인 세계와 닮아 있다.

세잔이 자연의 외관을 재현하는 것이 아니라 근본적으로 경험한 세계를 그리려고 한 시도는 시에서 보는 방식을 전환하여 대상의 본질을 포착하는 것과 상통한다. 이는 시인이 『세잔』을 펼쳐" 들고 "주저하지 말고 색을 칠하라"는 구절에서 "시 앞에서는 소심해 하지 마라"도 통한다.(「『세잔』에서―주저하지 말고」)고 언급한 것에서도 알 수 있다. 설태수 시인은 사물의 내적인 울림을 지각하고 그것을 회화의 폭에 구현하고 있는 세잔의 회화에서 사물의 내적인 속성과 본질을 언어로 표현하는 "詩에 이르는 길"(「역치」)을 감지하고 있는 것이다. 세잔의 회화와 설태수 시인의 시는 그 자체로 빛을 발하는 '한 점'에서 하나의 우주가 생성되는 것과 마찬가지로 경이로운 국면을 담고 있다. 이렇듯 새로운 세계의 무한한 영역을 고유한 방식으로 표현하고 있는 설태수 시인은 시로써 인간의 영혼을 전율하게 하는 창조적 예술가라고 할 수 있다. ▪

예술가시선 29

빛들의 수다

초판 1쇄 발행   2022년 5월 16일

지은이   설태수

펴낸이   한영예
편집   박광진
펴낸곳   예술가
출판등록   제2014-000085호
주소   서울 송파구 문정로13길 15-17 201호
전화   010-3268-3327
전자우편   kuenstler1@naver.com
인쇄   아람문화

ISBN   979-11-87081-24-1 (03810)